美少女と距離を置く方法

1．クールな美少女に、俺のぼっちライフがおびやかされているんだが

丸深まろやか

OVERLAP

イラスト／シソ

第1話　美少女に恩を売る

俺は、『ぼっち』という言葉が嫌いだ。

『ぼっち』とはつまり、友達がいなくていつもひとりでいるやつのことだ。『ひとりぼっち』の略。なんともわかりやすい。

なぜ嫌うのか。

念のために言っておくが、俺自身がぼっちだからではない。いや、俺はたしかに普段ぼっち気味なのだが、それが理由ではない。

この『ぼっち』は、常々悪い意味で使用される。早い話が、『ぼっち』は悪口なのである。なんと嘆かわしいことだろう。俺はこれに、声を大にして異を唱えたい。

……ん？

「ご、ごめんね、急に体育館裏なんかに呼び出して」

「いえ。それで、私に用とはなんでしょうか」

俺は反射的に、物陰に身を隠した。どうやら、妙な現場に出くわしてしまったらしい。人が大事な話をしているときに、不愉快なやつらめ。

「ず、ずっと、橘《たちばな》さんのことが好きでした！　俺と、付き合ってください！」

いいから、早く終わらせてくれないだろうか。

壁によりかかりながら、俺は大きなため息をつく。

仕方ない、話を戻そう。

ひとりでいることは、悪いことなんかじゃないだろ。誰かと一緒にいるか、ひとりでいるか、どちらが好きかなんて、人それぞれだ。

そして、俺はひとりが好き。ただそれだけのこと。

なのに、『ぼっち』は常に忌み嫌われる。俺のような選択的ぼっちにしてみれば、いい迷惑だ。

だから俺は、ぼっちでいるのは好きだが、『ぼっち』という言葉が嫌いなんだ。

決して、自分の絶望的なコミュ力のせいで陥ってしまったこの状況を肯定するために、そんなことを言っているわけではない。断じてない。お願いだから信じてほしい。

「申し訳ありませんが、お断りします。それでは」

一刀両断。気持ちいいくらいの玉砕だ。ざまあみやがれ、青春の奴隷め。

やはり、高校生活なんてのはひとりでいるに限る。恋愛や青春なんて求めようとするから、そんな目にあうのさ。

さて、終わったならさっさと解散してくれ。俺はそこを通りたいんだ、近道なんだから。

決して、おもての道がリア充だらけで肩身が狭いから、とかではない。今度こそ本当に違うんだよ。

「えっ！　ち、ちょっと待ってよ！」

「……まだ、なにか」

「と、友達からでもいいんだ！　きっと俺のことを好きにさせてみせるから！　だから、チャンスをくれよ！」

なんだよ、まだ粘るのか。そのエネルギーには敬服するが、しつこい男は余計に嫌われるってもんだろうに。

「あなたにその機会を与えたいとは、私は思いません。失礼します」

「ちょっ!!」

取りつく島もないな。だが、明らかに女子の言い分の方が道理に合ってる。本当に、相手の男子に興味がないんだろう。

告白なんていうのは、極めて一方的な行為だ。特に、好きでもない相手にされたとなれば、それは好意の押し付けと選択の強要に過ぎない。

その相手と付き合うか、付き合わないか。そんなこと、本来は考える必要なんてないのに、告白は人に無理やりその決断を迫る。

そんな権利は誰にもないはずなのに。恋愛が理由になったときだけ、みんな自分に正義があるかのように、平気で相手に迷惑をかけるのだ。

「なんで!?　ちょっと友達になるだけだろ!?　せめて理由を聞かせてくれよ!!」

「……必要性を感じません。これ以上つきまとうつもりなら」

「く、くそっ!!　調子に乗りやがって!!」

「きゃっ!!」

……いや、おかしいだろ、どう考えても。

告白を断られて逆上。そんなのは、絶対におかしい。自分勝手にもほどがある。

「美人だからって偉そうに!!　俺だって、本当はべつにお前のことなんて!!」

「や、やめてください!　痛っ!」

……くそっ。なんて運が悪い。こんなことなら、さっさと諦めて正門から帰るんだった。

深く息を吸って、俺は物陰から飛び出した。そして、普段は滅多に出さないような大声で叫ぶ。

「武田《たけだ》先生!　こっちです!　早く!!」

「せ、先生!?……くそっ!!」

生徒指導の教師の名前を、勝手に使わせてもらう。

初めて姿を見たその男子は、意外と小柄で大人しそうなやつだった。ひどく取り乱した様子でその場を走り去り、角を曲がってすぐに見えなくなる。

うーん……もっと上手《うま》いやり方があっただろうか。

動き出すのが遅すぎて、手段を選ぶ余裕がなかった。イライラに任せてやってしまったが、やっぱり慣れないことはするもんじゃないな。

「……武田先生は？」

俺が頭を掻《か》いていると、冷たくも透き通った、それでいて少し震えた声がした。

そこにいたのは、女子の中でも小柄で、髪型もよくあるボブカット。だが、圧倒的な存在感を放つ、とんでもない美少女だった。

凛《りん》とした目、スッと通った鼻筋、小さな口。心細げだが、それでも自信と余裕を感じさせる、堂々とした雰囲気。

一目でわかる。この美少女は、自分とは真逆にいる人間だ。

少しの間、俺はその姿に見とれていた。が、すぐに我に返る。

俺は美少女のセリフを無視し、早足で横を通り過ぎた。

期待はしない。さっきも言ったように、青春なんて求めようとすれば、きっと痛い目を見る。

今日はただ、たまたまあの男子の横暴さにイライラしただけ。たまたま通りたい道がふさがっていただけ。

だからなにもない。これ以上はなにも起こらない。

「あの」

そんな声も、俺には聞こえない。今からはもう、いつもの生活に戻るんだ。帰って、メシを食って、寝る。俺はそれでいい。

それがいいんだ。

◆　◆　◆

妙な人助けをした翌日。

俺は二限の日本史を、優雅に居眠りして過ごした。授業終了のチャイムで目を覚まし、身体《からだ》をほぐしながら無気力な礼をする。

業間の十分休憩は、クラス中が喧騒《けんそう》に包まれる。仲のいい友達と雑談に花を咲かせるやつ。恋人と嬉《うれ》し恥ずかしの会話を楽しむやつ。

俺のところにも、「お前、さっき寝てただろー」と茶化しにくる友人が……。

「……ふぅ」

もちろん、そんなやつはいない。俺の唯一の友人は今、俺の方には目もくれず、部活仲間たちに囲まれて楽しそうにしている。そうなると、当然俺は完全に孤立する。

だが、それでいい。これは俺が選んだ道。気楽で平穏なぼっちライフだ。

友達ができないいんじゃなくて作らないいんですぅ。

と、わざと僻《ひが》みっぽく言ってみたが、本当にそうなのだから仕方がない。

『作ろうと思わなくても、友達くらいできるだろ』。

そんな心ないことを言われたこともあるが、そのときは「うるせぇ、黙れ」と返してやった。心の中で。

眠気で細まった目を、ぼんやりと教室中に巡らせる。

もう一眠りするかな。

そう思って目を閉じたとき、突然俺の耳に、眠気を吹き飛ばすような鋭い声が聞こえてきた。

「楠葉《くすば》廉《れん》さんはいらっしゃいますか」

……楠葉廉さんは今、口を開けて目を見開いていた。誰とも話さず、ひとりで自分の席に座って、頬杖《ほおづえ》を突いたまま呆気《あっけ》に取られていた。すなわち、俺だ。

声の主は俺と目が合うと、スタスタとこちらへやってきて、俺の目の前で立ち止まった。

その間、俺は一歩も動けずに、その場に固まっていることしかできない。

そいつはどこからどう見ても、昨日のあの美少女だった。不安そうだったあのときとは違い、凛々《りり》しく、芯の通った佇《たたず》まいで俺を見下ろしている。

相変わらず、抜群に整った顔立ちだ。超のつく美人。そう言って差し支えないだろう。

俺だけでなく、クラス中がこの美少女に目を奪われ、教室は静まり返っていた。

「二年五組の橘《たちばな》理華《りか》です。昨日は助けていただき、ありがとうございました」

美少女改め橘理華は、淀《よど》みなくそう言ってぺこりと頭を下げた。

ありがとう……？

まさか、昨日の礼を、わざわざ言いにきたのか？　名乗ってもいない、面識もなかった俺の名前とクラスを調べて？　しかも、こんな目立つ方法で……？

「つきましては、なにか形のあるお返しをさせてほしいのですが」

「い、いや待て！　お礼もお返しもいらない！　だから、帰ってくれ！」

「そういうわけにはいきません。受けた恩をそのままにしておくなんて、気持ちが悪いです」

明らかに、この会話はクラス全体に聞かれていた。

こんな美少女とこんなぼっちが、いつのまにか貸し借りの関係になっている。そんなことが知れたら、確実に俺の平穏ぼっちライフはこなごなに砕け散ってしまう！

恩を返すなんて言いながら、とんでもないことをしでかしてくれたもんだ。こうなったら話がややこしくなる前に、帰らせるしかない……！

できるだけ周りに聞こえないように、俺は橘にだけ届くくらいの声で言った。

「それはそっちの都合だろ。俺はもう関わりたくないんだよ……。いいから帰ってくれ」

「元はと言えば、あなたが自発的に売った恩です。なら、あなたにはその対価を受け取る責任があるはずです」

「そんな責任はない！」

「あります」

だめだ……全然引き下がろうとしない。なんて義理堅い……というか、強情なやつなんだ。

だがこのまま口論を続けていたら、ますます周りの興味を集めてしまう。ここは、とにかく橘を帰らせることが先決だ。

「……わかった。なら後で、こっちからその対価とやらを指定する。頼むから、今は帰ってくれ。目立ちたくないんだよ、俺は」

「……信用できません」

「信用しろ！　それにあんたのやってることだって、昨日のあいつと同じ、俺にとっては迷惑なんだ……。わかったら、頼むよ」

「……」

迷惑、という言葉が効いたのか、橘理華はそれ以上なにも言わなかった。クルッと向きを変え、スタスタと歩いて教室を出ていく。

彼女の姿を追っていたクラスメイトたちの目が、いっせいにこちらを向いた。思わず、俺はガバッと机に顔を伏せてその視線を切った。

くそっ、完全に悪目立ちだ……。

伏せていてもわかる、自分に向けられる好奇と嫉妬の目。言い訳や弁解をしたところで、かえって興味を煽《あお》るだけだろう。

高校生というのは、得てしておもしろいことが好きだ。そしてひどいときになると、実際にはおもしろくもなんともないことでも、都合のいい憶測や決めつけでおもしろくしようとする。俺にだって、そういう部分がないとは言えない。

だが、自分がその対象になるのは絶対に嫌だ！

完全に、あの美少女に対する認識を間違えた。というより、あの美少女は普通じゃない。

昨日の告白の断り方からして、予測しておくべきだったか……。

こんなことなら、やっぱり人助けなんかするんじゃなかった……。

俺はクラスメイトたちのひそひそ話を聴きながら、三限開始のチャイムが鳴るまで必死に寝たふりを続けた。

そうして、長い長い一日が終わった。

号令に合わせて最後の礼をして、放課後になる。クラスメイトたちがぞろぞろと教室を出て、部活や自宅へ向かっていった。

中にはちらちら俺の方を振り返っているやつもいるが、当然ながら、俺を部活に誘ったり、一緒に下校しようとしているわけではない。なぜなら俺は帰宅部だし、ぼっちだからだ。非常にわかりやすい。

連中の興味の対象は、俺と橘理華の関係の真相だ。

あの後、俺と橘は移動教室の際に廊下ですれ違った。橘は俺に小さな声で「放課後にそちらの教室で」とだけ言った。どうやら、俺の意図は理解してくれているらしい。朝のあれも、悪気があったわけではなさそうだ。まあ、今さらだけれども。

考え事をするフリをして、人がいなくなるのを待つ。最後のひとりが教室を出てから数秒後、案の定、見計らったかのように橘理華が現れた。

相変わらず、冗談みたいに可愛《かわい》い。が、今はそんなことは関係ない。俺の目的は、彼女との関係を断ち切ること、それだけだ。

だから断じて、見とれてなどいない。ちょっとしか見とれてない。

「先ほどはすみませんでした。たしかに、あなたの都合を考えられていませんでした」

第一声が謝罪とは。やっぱり、悪いやつではないのだろう。

「いや、わかってくれたらそれでいい。で、例の見返りのことだけど」

一気に本題へ。こんな話はすぐに終わらせてしまって、また平和な生活を取り戻すのだ。

橘は無表情のまま、まっすぐ俺を見ていた。あまり愛想がいいとは言えないが、それでも充分すぎるほどに可憐《かれん》だ。

「明日の昼メシ、奢《おご》ってくれ」

「……昼食を？」

「ああ、パンと飲み物だけでいい。昨日の貸しなんて、それくらいのもんだろ」

「……いえ、それでは足りません。せめて、もう少し」

「だめだ。これ以上増やしたら、貸しと借りのバランスが崩れる。お互い、この件は早く帳消しにしたいだろ」

　俺が言うと、橘はわずかに頬を膨らませたように見えた。

　どう見ても可愛すぎる。冷たい印象から一転して、この子供っぽさ。ギャップ要素まであるなんて、完璧かよ、この女子。

「……ならせめて、ご馳走《ちそう》するものは私に決めさせてください。もちろん、常識の範囲に留《とど》めます。パンと飲み物だけでは、私だって納得できません」

「えぇ……いや、でもなぁ……」

「早く帳消しにしたいなら、多少対価が大きくてもあなたが折れるべきです。私はべつに、そんな風には思っていませんので」

　……ん？

　なんだか、意外な発言だな。俺はてっきり、向こうもこんなモブぼっちとの貸し借りは、早々に解消したいだろうと踏んでたのに。やっぱり、思ってたより義理堅いやつなんだろ

うか。

「……まあ、たしかに橘さんの言うことは正しい。わかったよ。じゃあ、さっさと決めてくれ」

言いながら、俺は橘に向けて右手を差し出した。だがそれを見て、橘は不思議そうにコクリと首を傾《かし》げるだけ。

いちいち可愛すぎるだろ……。調子狂うからやめてくれよ、ホント。

「……なんですか、その手は」

「いや、だから、橘さんが納得できるものを決めて、その金額を渡してくれってことだよ。そういう流れだったろ？」

「……なぜそうなるのですか。金銭でやりとりなんて味気ない。無粋です」

「なんでだよ！　買ったものを渡されたって、手順が違うだけだろ！」

「そんなことはありません。私はご馳走をしたいのであって、お金を渡したいわけじゃない」

くそっ……。細かいことを気にする美少女だこって。

「それに、そのお金が本当に私が決めたものに使われるのか、わからないじゃないですか」

「絶対に、橘さんが決めたものを買う。そのまま懐に入れたりなんてしないって」

「信用できません」

……だめだ。やっぱりこの美少女、かなりの強情だ。

このまま言い争っても、無駄に体力と時間を浪費するだけだろう。事実、一歩も引かないという意志が目に表れている。

「……わかったよ。じゃあ明日の昼、橘さんから直接、それを受け取る。これでいいか？」

「……はいっ」

そう言った橘は、意外にも満足そうな顔で薄《うっす》らと笑った。初めて見る、超絶美少女の笑顔。

ああ、これは、目に毒だ。

昨日のあの男子の気持ちが、今わかった気がする。こんな顔見せられたら、男なら誰だって……。

「それでは楠葉《くすば》さん、さようなら。また明日、です」

「あ、あぁ。……また、明日」

今朝と同じように、橘はスタスタと教室を出て行った。

また、明日。

口の中で繰り返すその言葉に、胸がときめきそうになる。が、選択的ぼっちである俺は、その感情を冷静に打ち消した。

ただ、明日また会うことが決まったから、そう言っただけ。それ以上でも以下でもない、言葉通りの挨拶だ。

そういう期待はしない。その期待が、落胆と挫折を生むんだ。俺は、自分の身の程を知っている。

明日の昼、橘から食い物を受け取って、それで終わり。それが現実であり、俺の望みでもある。

まあ、ひとつだけ言うなら。

橘の笑顔を見れたのは、ラッキーだったかもしれないなぁ。

◆◆◆

「な……なんだよ、これ……」

翌日の昼休み。

約束通り、俺は橘から昼メシを受け取るべく、教室の前の廊下で彼女と合流した。が、橘が俺に渡してきたものは、想像していたどれとも似ても似つかない、黄色い布で包まれた小さな箱だった。

「見てわかりませんか。お弁当です」

「聞いてもわかんねぇよ！　なんでこうなった！　話が違うだろ！」

橘が納得できるものを買って、それを俺が受け取る。たしか、そういうことになっていたはずだ。

なのにこれでは、事情が変わりすぎている。そしてなにより、周りの奇異の目が非常に痛い。

くそっ！　信用した俺が馬鹿だったか……。

とりあえず、顔を近づけて小声モードになる。また周りに聞かれたら、どう考えてもマズイ。

「俺は、奢ってくれ、って言ったんだぞ！」

「私は、ご馳走するものは私が決める、と言ったんです。それに、食材代は私が負担したのですから、奢っているのと変わりません」

「変わるだろ……。あぁ、くそっ」

思わず、頭を抱えた。言っていることが微妙に正しいせいで、口論が長引くのが容易に想像できてしまう。

それにもし突き返せば、食材代も手間も無駄になって、取引がフェアじゃなくなる。ここはあっさり受け取ってしまった方が、総合的に見て労力が少ないかもしれない。

が、しかし……。

「なんで弁当なんだよ……」

「あなた、見るからに不健康そうですから。栄養の偏ったものを渡すのは気が引けます」

「ならコンビニ弁当とかでよかっただろ……」

「あれだって出来合いですから、健康にいいとは言えません。それに」

橘《たちばな》は言いながら、おもむろにもうひとつ、薄い緑色の布に包まれた物を取り出した。明らかに、俺が受け取ったものと同じ形をしている。

なんか、嫌な予感がするんだが……。

「これが一番コストパフォーマンスがいいです。ふたり分作りましたから」

「……それで？」

「では、行きましょう」

「いや待て！　行くってなんだ！　俺はどこにも行かないぞ！」

突然俺の腕を摑《つか》んで歩き出した橘を、咄嗟《とっさ》に引っ張り戻す。思った通りだ、こいつは……。

「まさか、食べないんですか？」

「食べる！　約束だからな！　けど、一緒に食べるなんてのはごめんだぞ」

「それでは、あなたがきちんと食べたのか、確認ができません」

「だから信用しろって！」

「信用できません」

昨日も聞いた、清々《すがすが》しいほどあっさりしたそのセリフ。譲る気はさらさらないと、橘の大きな目がそう言っている。

だが、俺にだって譲る気はない。断じてない。

ただでさえ、昨日の一件でいらん憶測が飛び交っているだろうに、これ以上噂《うわさ》の種を増やすのは絶対に避けなければならない。

「いいから、ついてきてください」

「い、嫌だ！」

「教室でひとりで食べるのだって、あなたには都合がよくないでしょう」

再び俺の腕を摑んだ橘は、そこで意外なことを言った。

俺に都合がよくない？　なぜこいつが、そんなことを言うんだ？

「昨日話して、あなたという人のことは、なんとなくわかったつもりです。あなたの考えを踏まえた上で、一緒に食べることを私は勧めます」

「なっ……なんだよ、それ……」

「ふたりで、人目のつかないところに行きましょう。それが最も、お互いの目的のためになります」

橘の言葉に、俺はついに反論することができなかった。

ふたりで人目のつかないところへ。

たしかにそれなら、周囲に与える情報も少なくなるし、橘も俺が弁当を食べるのを確認できる。お互いの目的のためになる。橘の言う通りだ。

俺は半分納得、もう半分は諦めの気持ちで、早足で歩く橘を追いかけた。今度は俺を引っ張ろうとはしない。どうやら、俺が同意したことに気がついたらしい。

「……やけに、人の考えに理解があるんだな」

精一杯の反抗心と皮肉を込めて、俺は言った。が、橘の返答はまたしても意外なものだった。

「……私にもわかりますから。あなたの気持ちは」

◆◆◆

「で、ここか」

「はい。心理的盲点ですね」

連れてこられたのは、屋上へと続く階段の踊り場だった。

が、うちの高校は屋上が封鎖されている。ゆえに、この階段を上ってくる者はいない、というわけだ。

ありがちなチョイスだが、まあ、そんなもんだろう。

段差に並んで腰掛けて、俺たちは一緒に包みを開けた。

「お……うおぉ……！」

「まずまずの出来ですね」

肉、野菜、卵、魚。そこには、色彩と食材のバランスが完全に取れた、なんともハイクオリティな弁当の姿があった。

たしかに、コンビニ弁当なんかとは格が違う。食ってないのに、うまいのがわかるくらいだ。

「どうぞ」

「あ、ああ、サンキュ」

紅色の上品な箸箱を受け取り、俺は思わず手を合わせた。

「いただきます……！」

「いただきます」

一口、卵焼きを食べてみる。

いや、うまい。今まで食った卵焼きの中で、間違いなく一番うまい。

「そ、そうですか。ありがとうございます」

そのまま感想を伝えると、橘は満更でもなさそうな顔でかすかに微笑《ほほえ》んでいた。

可愛《かわい》い、そしてうまい。無心で箸を動かし、あっさりと全てが胃に収まってしまう。

恥を忍んで言うならば、とにかく最高の昼食だった。

「……マジでうまかったよ。ご馳走様《ちそうさま》でした」

「それはどうも。お粗末様です」

弁当箱と箸を片付けて、橘に返す。それを受け取ってから、向こうもすぐに自分の弁当を食べ終えた。

「改めまして、先日はありがとうございました」

「いや……いいよ。俺が勝手にムカついて、勝手にやったことだから」

「ムカついた、のですか？」

「あいつの言い草にな」

いつのまにか、俺は橘と自然に話すことができていた。人目がないのと、メシがうまかったのが原因かもしれない。

だけど、理由なんてのはべつに、どうでもいいような気がした。

「告白を聞いてもらっただけでも、あいつは橘さんに感謝すべきなんだ。橘さんが美少女だなんてこととは、無関係に」

「……」

「それなのにあいつは、断って理由を言わない橘さんにキレた。理由を話すのだって、エネルギーがいるんだ。それを拒否して、なんで文句を言われなきゃいけないんだ」

「……それは」

「そんなのは、自分勝手だ。自分勝手ってのは、ひとりでやるもんなんだよ。俺はそう思うし、そうしてる。だから、俺はあのとき……」

そこまで言って、俺は橘が不思議そうな顔をしているのに気がついた。

あぁ……無駄に話しすぎた。なにやってるんだ、俺は。こんな話、聞かされたところでうっとうしいだけだろうに……。

「悪い……長々と」

「いえ。説明を求めたのは私の方ですので」

「あ、ああ。まあ、そういうことだから……」

「楠葉《くすば》さん、あなたは」

そのとき、橘の声を掻《か》き消すように、昼休み終了のチャイムが鳴った。ここはどうやら、チャイムの音が大きく聞こえる場所らしい。

さあ、ここまでだな。

俺は飛び上がるように立ち上がり、ズボンの尻を手で払った。

「じゃあな」、それから、「ありがとう」。

その二言だけをかけて、階段を早足で降りていく。

これは、終わりの合図だ。俺と橘の、関係の終わり。

もう、話すことはないだろう。それが俺の選ぶ道であり、俺たちの正しい姿だ。

だから俺は、チャイムに紛れた橘のセリフが聞き取れなくても、振り返ったりはしなかった。


「……あなたはやはり、私に似ていますね」

◆◆◆

『橘理華《りか》が、楠葉廉《れん》につきまとわれている』。

そんな噂は、おおよそ一週間で沈静化した。

人の噂も七十五日。それどころか十日ももたないあたりは、さすがモブぼっちの俺のなせるわざ、と言えるだろう。

連中がこの話題に飽きたのには、おそらく理由がある。それは、続報が皆無だったことだ。

俺と橘理華は、ふたりで踊り場で弁当を食ったあの日以降、一度も接触していなかった。会話もしていないし、目も合っていない。下手をすれば、半径三メートル以内に近づいたことすらないかもしれない。

　まあさすがに、遠くからチラッと姿が見えたことは何度かあったけれど。なにせ、美少女は目立つからな、俺と違って。

　だがむしろ、それが俺と橘の正常な関係だ。あのときは、お互いの人生のレールが少しだけブレて、たまたま重なっただけ。それが終われば、すぐにすっかり元通りだ。

「と、いうわけだ。いい加減、この話はもうやめろ」

　放課後の教室の中、俺はいら立ちを隠さず、向かいの席に座る相手にそう言い放つ。が、そいつはニカッと無駄に眩《まぶ》しい笑顔を作って、あっさりと答えた。

「やだね！」

　予想通りのその言葉に、思わずため息が出る。

「あの橘さんとお近づきになれるチャンスなんだぞ？　こんな機会滅多に、いや、もう二度とないかもしれないじゃん！」

「二度となくていいんだよ。お近づきになりたいなんて、思ってないんだから」

「またまたぁ」

　俺の唯一の友人、夏目《なつめ》恭弥《きょうや》は無理やり肩を組むようにして顔を近づけてきた。

　このスキンシップ、距離感、エネルギー。そのどれもが、俺とは真逆のものだ。

「……ところで、『あの橘さん』ってなんだよ」

「あぁ、そりゃ廉は知らないか」

恭弥は納得したようにぽんっと手を叩《たた》く。さすが、良くも悪くも俺のことをよく理解しているらしい。

「橘《たちばな》理華《りんか》。とにかく可愛くて、しかも勉強もできる、学年でも有名な女の子だよ。華奢《きゃしゃ》なのに凛《りん》としたクールな雰囲気が、その手の趣味の男子に超人気。でもその性格からか、男友達はひとりもいない。いわゆる、高嶺《たかね》の花ってやつだな」

「……ふぅん」

「興味なしか！」

ないな。俺はそれよりも、こんな説明文句がスラスラ出てくる恭弥の方に感心したくらいだ。他人への興味が、相変わらず強い。

「絶対もったいないって！　ちょっと頑張ってみて、それでダメでも、べつにどうってことないだろ？」

「だから、頑張る理由がないんだよ俺には」

俺の言葉にも、恭弥は嬉《うれ》しそうなニヤニヤ顔をやめなかった。相変わらず、食えないやつ。

恭弥は世に言うリア充だ。それも、筋金入りの。

爽やかイケメン、スポーツ万能、コミュ力高し、彼女あり。当然友達も多く、クラスでも常に中心にいる。俺とは似ても似つかない人種。対照的な人間だ。

ではなぜ、そんなリア充と俺が友人なのかといえば。

「誤魔化すなって。十年以上の付き合いなんだ。廉の考えてることなんてお見通しなんだよ」

「うるせえ。お見通しならなおさら察しろ」

つまり、そういうことだ。単純に、付き合いが長い。

小学生なんて、家が近いだとか、親の仲がいいとか、そんな理由で友達になれる。当人同士の性質なんて、あまり関係がない。

だが、恭弥は持ち前の人懐っこさで、俺との関係を今までずっと維持し続けていた。

大したやつだと思う。ありがたいことだとも思う。それでも、たまにこうして無理やりリア充思考回路を押し付けてくるところはいただけない。

「どうせ、期待して凹《へこ》むのが嫌だ、とか言うんだろ」

「そうだよ。落胆と挫折は、期待から生まれる。最初から諦めて、挑戦もしなければ、穏やかに生きていけるんだ」

「でも、どんなボールも振らなきゃ打てないじゃんか」

「それは打席に立ってるやつの理屈だろ。俺はベンチどころか、球場にすらいないんだよ」

やれやれ、というように、恭弥が両手を広げて首を振った。それこそ長い付き合いなんだから、いい加減わかってるだろうに。

「でも俺は、廉のおかげでこの学校に受かったし、彼女もできたんだ。なにか恩返ししたくなるのだって当然だろ？」

「そう思ってるなら、大人しく放って置いてくれ。それが最高の恩返しだから」

彼女はともかく、受験とは。また古い話を持ち出してきたもんだ。

恭弥は、勉強だけはあまり得意ではなかった。逆に俺は、勉強だけが唯一の取り柄だと言ってもいい。

勉強を教わりにわざわざ俺の家に訪ねてくる恭弥を追い返すほど、当時の俺には気力がなかった。ただ、それだけのことだ。なにも恩を感じられる筋合いなんてない。

「後悔すると思うけどなぁ。橘さん、可愛いのに」

「可愛いから余計、ダメなんだよ」

俺だって、恭弥くらいのスペックがあれば、きっと何事にも積極的になれるんだろう。

だが、俺は身の丈に合った人生というものをわきまえている。

高望みはしない。それが、俺が十六年の人生で導き出した結論だ。

「恭弥、いる？」

突然、教室のドアが勢いよく開け放たれ、ひとりの女子が顔を出した。

長く艶のある明るい髪、丸くてはっきりしたつり目、整った鼻筋、薄い唇。女子にしては背が高めで、メリハリのある体型をしている。橘とはタイプが違うが、かなりの美人だ。

そして、こいつは。

「よっ、冴月《さつき》」

「あぁ、いたいた。部活行くわよ」

「めんどくせぇー」

そう、この美人こそ恭弥の彼女、雛田《ひなた》冴月だ。恭弥に負けず劣らずのリア充美少女。

恭弥は「廉のおかげ」なんて言うが、俺はただ、ちょっと恭弥の話を聞いて、相談に乗っただけだ。俺がいなくたって、恭弥なら絶対に、雛田と付き合っていただろう。

それくらい、雛田と恭弥はお似合いだった。性格の相性はもちろん、なにより人生へのスタンスが似ている。

目の前のことに、ちゃんと全力になれる。他人と関わることを恐れない。そしてそれは、きっと今までの成功体験からくる、たしかな自信に裏付けされた姿勢に違いない。

「なんだ。楠葉もいたのね」

「いや、いないよ俺は」

「はあ？　なにそれ。相変わらずの負のオーラね」

呆《あき》れたような仕草。恭弥の友達ということもあって、さすがの俺でも雛田に存在は認知

されている。まあ、全然友達ってわけじゃないが。

だが、当たりはキツくとも、こうして俺にも普通に話しかけてくるところは、やっぱりこいつもいいやつなんだろう。それも当然だ。あの恭弥が好きになるやつが、いいやつじゃないはずがない。

雛田は恭弥に向き直ると、なにやら楽しそうに話し始めた。関心はなくとも、これだけ声がデカけりゃ聞こえるってもんだ。

今日の授業がどうとか、友達の誰々がどうとか。そんな話を恭弥もニコニコと聞いているあたり、やっぱりまだ関係は良好なようだ。

話はこれから向かうらしい部活のことに移っていった。どうやら、このまま解散の流れになりそうだ。

さて、俺はさっさと帰ってだらだらしよう。

そんなことを思いながら、ふと教室の入り口に目を向ける。よく見ると、雛田を待っている様子の女子がふたり、教室の外からこちらを覗《のぞ》いていた。

雛田の友達だろうか。

そう思ったのも束《つか》の間《ま》、そのうちのひとり、背の低い方の女子と、目が合った。

橘理華だった。

反射的に目をそらしそうになる。が、橘が小さく会釈したのがわかって、できなかった。

なんで、会釈なんか。

疑問に思いながら、俺も一応、小さく手を挙げて返した。外にいたもうひとりの女子が、なにやらニヤニヤしている気がする。

おまけに、恭弥も橘と俺のやりとりには気づいていたようで、嬉しそうにアイコンタクトを送ってくる始末。

どうにも、居心地が悪い。

俺はとうとう視線を窓の方に向けて、恭弥と雛田が教室を出るまで、じっと黙っていた。

なにも起きない。

たとえ友達の彼女が橘理華と仲がよかったとしても、そんなのは、俺にはまったくの無関係。ただ、珍しい偶然だなと、そう思うだけだ。

◆　◆　◆

「楠葉《くすば》くん」

中学二年の、クラス替えがあってすぐの頃だった。

「今からクラスのみんなで親睦会やるんだけど、楠葉くんもどう？」

愛想のいい、まさにリア充という感じのやつだった。

きっとこいつはこれから一年間、俺みたいなぼっちや、派手で賑《にぎ》やかな連中の間に立って、このクラスをまとめていくんだろうな、と思った。

誰からもそれなりに好かれて、誰のこともそれなりに好きになれる。そんなやつなんだろうと。だからこそこいつは、みんなが早く打ち解けられるように、そのきっかけの場を作ろうとしているのだろうと。

いいやつだし、すごいやつなんだろうな、とも思った。

「やめとくよ」

「……なにか予定があるの？」

そいつが『予定』という言葉を使ったのが、俺には不思議だった。

『予定』なんてない。でも俺には『理由』がある。もしかするとそいつの中には、『予定』や『先約』だけが断る理由になる、という前提でもあったのかもしれない。俺には共感できない考え方だった。

「いや、ないけど」

「……それじゃあ、なんで？」

「親睦会とか集まりとか、苦手なんだ。気にせず、行きたいやつだけで行ってくれ」

みんなと仲よくして、大勢で騒いで。そんな生き方が自分に合わないことは、それまでの人生ではっきりわかっていた。

きっかけなんてなくたって、自然とつるむようになる限られた人数で、静かに学校生活を送る。俺にはその方が気楽で、性に合ってたんだ。

だから、わざわざ親睦会なんて、行きたいとは思わなかった。

「……そういう自分の都合で、クラスの雰囲気を悪くするのはよくないんじゃないの？」

そいつは、軽蔑と不快感のこもった表情と声音で、そんなことを言った。

意味がわからなかった。なんで俺ひとり行かないだけで、クラス全体の空気が悪くなるんだ。それに、行きたくない理由がある人間が、なんで雰囲気なんかのために嫌々参加しなきゃいけないんだ。ひとクラス分も人間がいれば、中にはそういうやつもいるんだなって、なんでそれで納得できないんだ。

「……ふーん。じゃ、好きにしろよ」

俺の言葉を聞くと、そいつは顔を歪《ゆが》ませて、吐き捨てるように言った。

結局その一年間、俺は三人ほどの小さなグループでひっそりと過ごした。特にそいつらと友情を育むこともなかったけれど、それなりにうまくやったと思う。例のリア充とは、それ以降一度も会話していない。

今思えば、あいつの感覚の方が正しかったんだろう。そこまでは言わずとも、多数派で、優先されるべき立場だったんだろう。正直に行きたくない理由なんて答えた俺の方が、そもそも馬鹿だったに違いない。

俺の価値観は、きっと異物なんだ。理解され、受け入れられることのない、バグのようなものなんだ。

そしてそれに気づけたということが、このくだらない経験の唯一の収穫なのかもしれなかった。

第2話 美少女と並ぶ

橘《たちばな》 理《り》華《か》に会釈された、次の日の土曜日。

当然その後もなにも起こることはなく、噂《うわさ》も完全に鎮火し、俺は晴れて平凡な日常を取り戻すことになった。おかえり、俺の穏やかな日々。

記念になにかうまいものでも食べよう。

そう考えた俺は、昼間から贅沢《ぜいたく》にも、回転寿司《ずし》に来ていた。家から最寄りの駅前にある、有名チェーン店だ。

『ひとり回転寿司』。

休日の昼時ということでかなり混んでいるが、ぼっちの俺にはあまり関係ない。

大半の人間が忌避するそんな行為も、俺にとっては日常だ。むしろ、うまいものを食うのに連れなど不要。カウンター席なら待ち時間も少ないし、いいことずくめだ。

すぐに案内された一番端の席に座り、熱い茶を入れる。運のいいことに、隣は空席だった。

ちなみに、店内でも帽子を脱がないのは、お気に入りだからだ。そりゃもう気に入っている。だからべつに、人目が気になるとかそんな理由じゃないぞ。マジでめちゃくちゃお気に入りだから。

目の前を通過しようとしたマグロの皿をサッと摑《つか》み、醬油《しょうゆ》をつけて食べる。

うーん、やはり寿司はうまい。一皿百円でここまでうまいんだから、回転寿司も馬鹿にできないよな。

俺がマグロの二貫目を食べ終えたとき、ついに隣席に客が来た。

隣に客がいると、若干のプレッシャーを感じてしまう。カウンター席の唯一の欠点と言えるかもしれない。が、かといってテーブル席にひとりで座る方が、ずっと居心地が悪いことは明白だった。

少しだけ身体《からだ》を壁の方に寄せて、パーソナルスペースを確保する。ちらっと見えた感じでは、隣の客は若い女のようだ。もしかすると学生かもしれない。

女ひとりで回転寿司とは、なかなか見所がある。どれどれ、いったいどんなやつが……。

「おや、あなたは、楠葉さんではないですか」

「……人違いです」

人違いではなく、橘理華だった。

橘は立ったまま無表情で俺を見下ろしていた。普段の学生服とは違う、シンプルで飾り気のない私服姿だ。腰の高い黒のボトムスに、涼しげな色味の上着が眩《まぶ》しい。そして私服の橘は、学校で見るよりも一段と美人だった。

だが……くそっ……。せっかくの日常奪還記念なのに、なんでこんなことに……。

「こんにちは。昨日はどうも」

「……なんでここにいるんだよ」

「？　おかしなことを聞きますね。お寿司を食べるために決まっています」

「……なんでひとりなんだよ。女子高生がひとりで回転寿司なんて、珍しすぎるだろ……」

「おいしいものを食べるのに付き添いが必要ですか？　それに、あなただってひとりでしょう」

まったく反論の余地がない。それどころか、橘の言うことはまさに、俺の考えとそっくり同じだった。

橘は自然な動きで俺の隣に腰掛けると、熱い茶を入れて一口飲んだ。妙にその動作が似合っていて、俺は思わず見入ってしまっていた。

「なんですか」

「あっ、いや、べつに……」

「そうですか」

くそっ、気になって寿司が食えん……。

そんな俺を尻目に、橘は鯛《たい》の皿を取って寿司を食べた。無表情が少しだけ緩まり、小さく動く口元がかすかに笑った。

　どうやら橘は、本当に寿司を楽しみに来ているらしい。周りの目なんて気にする様子もなく、ただ幸せそうに、寿司を食べている。

　俺はなんとなく自分の行為が肯定されたような気がしていた。自分では正しいと確信していても、他人にもそれを感じることで嬉《うれ》しくなっているんだろう。

　我ながら、単純なやつだと思う。が、そう思ってしまったものは仕方がない。

「食べないんですか。お寿司」

「ああ、いや、食べるよ」

　言われて、俺は目の前を通ったイクラを取る。橘はエンガワを取った。

「……悪かったな」

「悪かった？　なんのことですか？」

「いろいろ、噂とかされただろ。俺につきまとわれてるだとか、弱みを握られてるだとか
……」

「そういえばたしかに、そんな噂がありましたね」

「だから……まあ、すまん」

　それは、心の端で気になっていたことだった。

　俺のような根暗ぼっちのせいで、リア充のイメージに傷が付いたんじゃないか。俺なん

かより、ずっと多くの好奇の目に晒《さら》されたんじゃないか。

もし万が一、橘とまた話す機会があれば、俺はそれを謝ろうと思っていたのである。

「謝られる理由がありませんね。噂話をしていた本人たちに謝罪されるならともかく、楠《くす》葉《ば》さんにはなにも罪がないでしょう」

「い、いや……それはそうだが」

「それに、私は好奇心による勝手な憶測が生んだ噂など、気にしません。そんなものに惑わされたくありませんから」

「……そうだな」

橘の言うことは、どこまでも正しい。そんなことは俺にだって、わかっていることだ。けれど、こんな考え方はふつう、簡単にできるものじゃない。それこそ俺みたいに、心の底から青春を諦めているような、そんなスタンスじゃなければ。

それなのになぜ、橘のような美少女がこんなことを言うのだろう。

俺は不覚にも、橘に興味を持ち始めてしまっていた。

「私は楠葉さんに感謝こそすれ、恨んでなどいません」

「……そういえば、ひとつ聞きたかったんだが」

「なんでしょう」

「あいつ……あの、橘さんに告白した男子だけど、その後はなにもないか？」

「その後、と言いますと」

「なんか、たちの悪そうなやつだったろ？　一見大人しそうなのに、キレるとヤバい。逆恨みでなにかされてないか、気になってな」

それにもし、橘の身になにかあれば、半分は俺の責任だとも言える。そう考えると、さすがに気にしないわけにはいかなかった。

だが俺のその質問にも、橘はいつもの無表情のまま、なんでもなさそうな軽い口調で答えた。

「報復に来たので、友達と一緒に返り討ちにしました。もう来ないと思います」

「か、返り討ち？」

「はい」

途端、俺は思わず吹き出してしまった。橘の可愛《かわい》い顔と声から発せられたその言葉のギャップがなんだかおかしくて、腹を抱えて笑った。

「……おかしな人ですね」

「くふふ……いや、悪い。笑うつもりはなかったんだけどな」

「……まあ、いいですが」

なんだかどうでもよくなってしまい、俺は再び寿司に集中することにした。橘はどうやら、俺が思っていたような普通のリア充とは、ちょっと違うらしい。

今後も、きっと俺たちが関わることはないだろう。けれど、こんな橘の一面を知れたというのは、なんだかすごく、ラッキーなことのように思えた。

「ところで、楠葉さん」

「なんだよ」

「なぜ店内で帽子を被《かぶ》っているのですか？」

「うるせぇ」

橘は本気で不思議そうに、コクンと首を傾《かし》げていた。

◆◆◆

俺の『ひとり回転寿司』は、橘との遭遇によってあえなく失敗した。

そして同時に、完全に切れるはずだった俺と橘の縁も、また少し、復活してしまった。

だが、これは仕方ない。いったい誰が、あんなリア充美少女がひとりで回転寿司にきて、あろうことか自分の隣に座るなんて予測できるだろうか。

あれは事故だ。回避することなどできない、不慮の事故。

だからこそ、俺は気持ちを切り替えて、今日こそひとりでうまいものを食う。

今回のターゲットは、ここだ。

「へい、いらっしゃい！」

駅周辺の市街地にひっそり佇《たたず》む、個人経営のつけ麺屋。ここの魚介豚骨つけ麺が、やたらとうまい。値段こそ千円と若干高いが、それも納得の味だ。

さすがにこんな店に、橘が来るわけがない。イメージが違いすぎるし、俺の知る限り、常連客だってほとんどがおっさんだ。

空いているカウンター席について、店主に食券を渡す。

ふぅ、改めておかえり、俺の平凡な日常。

「……あなた、ひょっとして私のことをつけていませんか？」

「……マジでなんでいるんだよ……」

珍しく女の客がいるなぁ、なんて呑気《のんき》に考えていた数秒前の俺を殴りたい。

俺の隣には、またしても橘理華がいた。

しかも今日は、以前よりもリラックスしたような服装だ。具体的には、デニムと黒いシャツ。まるで少年のような格好だった。こういう服でも全然華やかさを失わないのは、さすがは美少女といったところだろう。

って、冷静にファッションチェックをしている場合ではなかった……。

「つけてるのはそっちだろ……。なんでこんなところにまで……」

「私が先にいたのに、どうやってつけるんですか。矛盾しています」

「わかってるよそんなことは……。今日はなにしに来たんだよ……」

「またその質問ですか。このお店の魚介豚骨つけ麺がとてもおいしいので、今日はそれを食べにきました」

「いや、そうだろうよ。うまいもんなぁ、魚介豚骨……」

違う、そうじゃないんだ。なんでいつも俺と同じところにいるんだ、こいつは……。

橘《たちばな》の言う通り、つけられている、なんてことはどう考えてもあり得ない。そして、俺も橘をつけたりするはずがない。それどころか、ここなら会わなくて済むだろう、と思って店を選んだくらいだ。

なのに……。

「へい、魚介豚骨お待ち。橘ちゃんはよく来てくれるから、味玉おまけしとくね」

「ありがとうございます」

常連じゃねぇか……。しかも、俺がついこないだ初めてつけてもらった味玉のおまけまで……。

「へい、楠葉くんもいつもありがとね。はい、味玉おまけ」

「……うっす」

考えられる可能性は、もはやひとつだ。

俺と橘の生活スタイルが似通っているがために起きた、ただの偶然。それしかない。

だが、そんなことが本当にあるか？　こんな、リア充とは程遠いようなシチュエーションで、二回も連続で出くわすなんてことが。

『……あなたはやはり、私に似ていますね』

途端、俺の脳裏に橘の声がフラッシュバックする。

踊り場で一緒に弁当を食べたときの、あのセリフ。聞こえなかったふりをしていたその言葉を、今になって思い出すとは……。

だってそうだろう。似ているなんて、そんなわけがない。

俺はぼっちでモブで根暗で、常に灰色の日々を過ごすただの生徒Aだ。対して橘は美少女で、派手な友達もいて、おまけにモテる、まさにリア充で。

「楠葉さん、食べないんですか」

「……いや、食べるよ」

「スープが冷めてしまっては、おいしさも半減しますよ」

「わかってる」

そんな俺たちが似てるだなんて、あり得ない。

ちょっと考えればわかるだろう。なのにどうして、橘はあんなことを言ったんだ。俺と自分が似ていると、そんなことを俺に伝えて、どうするつもりだったんだ。

「うぅん、やはりおいしいですね」

「……満足そうだな」

「ええ、それはもう。ちゃんと汚れてもいい服を着てきましたから、気兼ねなく食べられます」

「ああ、その黒シャツ、そのためだったのか」

「もちろんです。楠葉さんもさすがですね。そのシャツもつけ麺用でしょう？」

「……いや、普通の私服だけど」

「……すみませんでした、本当に」

「おい、謝るなよ、余計悲しくなる」

汚れてもよさそうな私服で悪かったな。

橘は、その後も夢中でつけ麺を食べた。その姿には学校で見る冷たい印象はなく、ただ自分の好きなものを、心から楽しんでいる様子だった。

俺もつけ麺をすすった。

『みんなで一緒に食べるとおいしいね』。

そんなセリフを、何度も聞いたことがある。

だが、俺はそうは思わなかった。

ひとりで食べた方が、気楽だ。味にだって集中できる。強がりなんかじゃなくて、本気でそう思う。それが悪いことだとは思わないけれど、少数派だということは自覚していた。

だがもしかすると、本当に橘は。

「ふぅ。ご馳走様《ちそうさま》でした」

「ご馳走さん」

ほとんど同時に食べ終わって、俺たちは器を置いた。水で口直しをしてから、一息つく。

「……なあ、橘」

「なんでしょう、楠葉さん」

「メシは、みんなで食った方がうまいと思うか？」

「……いえ。私は、好きなものはひとりで食べたいです。その方が、味に集中できますから」

ひたすらに真面目な口調で、橘は答えた。

結局、橘の言うことが正しかったってことか……。

「もちろん、友達と一緒に食事をしたいときもあります。ですがそれは、食べることよりも、話すことが目的の場合ですね」

「それはあれか？　食事時に話す相手がいない俺への当てつけか？」

「え、話す相手がいないんですか、楠葉さん……」

「やめろ！　本気で気の毒そうな顔をするな！　悪かったな、ぼっちで！」

俺の言葉に、橘はクスクスと笑った。肩を震わせて目を細めるその姿は、普段の冷淡な橘よりも、何倍も魅力的に見えた。

「でも、みんな大抵、誰かと一緒にメシを食うだろ。食事自体に集中したいやつだっているはずなのに、いつもいつも」

「まあ、他人の目が気になる気持ちもわかります。私やあなたのような人の方が、きっと珍しいんですよ」

「……俺はともかく、橘は周りの目が気にならないのか？」

「まったく、というわけではないですが、あまり。気にしていてはキリがないですし、なにより窮屈ですから」

「……そうだな。その通りだよ」

たしかに、俺と橘はほんの少しだけ、似ているのかもしれない。

けれど、それだけだ。だからといって、どうってことはない。

「ああ、すみません、楠葉《くすば》さん」

「なんだよ」

変な期待はしない。無駄な希望は持たない。

「さっきはああ言いましたが、楠葉さんと一緒に食べた今日のつけ麺は、もしかするといつもより、おいしかったかもしれません」

「……そうかい」

「はい」

だから俺は、全然ときめいてなんていないんだ。

◆　◆　◆

図らずも橘と一緒につけ麺を食べた、その数日後。

俺は不安定になった気持ちを切り替えるため、近所にある銭湯に来ていた。当然、ひとりでだ。文句あるか。

ひとり銭湯はいい。荒《すさ》んだ心と、それからなんとなく、悪い運気も洗い流してくれる気がする。おっさんたちの裸が視界に入らなけりゃ完璧なのになぁ、マジで。

頭と身体《からだ》を洗い、肩まで湯に浸《つ》かる。

ふぅ、生き返るぜ。

……それにしても、ここ最近はなんともおかしなことばかりだった。まさか、一度きりだと思っていた橘との関わりが、こう何度も続くとは。

モブの俺とは正反対の、リア充美少女。そんな真逆の俺たちの一時の交わりなんて、すぐに終わるはずだったのに。

だが、俺の中で橘の印象が変わりつつあるのも事実だった。

少なくとも橘は、どうやら俺が思っているようなリア充ではないらしい。でなきゃ、俺なんかとこんなに感性や考え方が重なるなんて、あり得ない。

いや、価値観が似ているからって、どうだって言うんだ。べつにそんなことは、特別でもなんでもない。ただの変な偶然。とるに足りないことだ。

ガラッと扉を開けて、浴場を出る。着替えてからコーヒー牛乳を一気飲みし、料金を払って銭湯を後にした。

そう、大したことじゃない。

どうせ、今度こそ終わるんだ。橘がどんなやつでも、もう俺には関係ないこと。

「……さすがに、そろそろ身の危険を感じるのですが」

「……俺もだよ」

とうとう、驚きもなくなってきたな……。

銭湯のすぐ前に、わずかに頬を赤く染めた橘理華《りか》が、姿勢よく立っている。髪が少し濡《ぬ》れているのと、持ち物から察するに、向こうも風呂上がりだろう。

「一応聞くけどな、なんでここにいるんだよ」

「お風呂に入るためです。決まっています」

「……だよなぁ」

いよいよ、本当になにかのドッキリなんじゃないだろうか。さすがにもう、偶然の一致って言うには無理があるぞ……。

「家の風呂は？」

「もちろんありますが、銭湯もいいものです。なんだか心が落ち着いて、悪いものも流してくれる気がします」

「……もしかして、俺の心を読んでるのか？」

「……どういうことですか？」

「いや、なんでもない」

少しだけ顔を見合わせてから、俺たちはどちらからともなく歩き出した。

帰ろう。起こってしまったことは、もう気にしたって仕方がない。

だが、もう夜の十時前だ。どちらかといえば、遅い時間に入るだろう。

こういう場合、送るよ、とか言った方がいいのか？　だが、こんな友達でもない根暗モブにそんなことを言われても、迷惑なだけじゃないか？　それに、橘だって俺に家を知られるのは嫌だろうし。

……よし、やっぱりやめておこう。そんなイケメンの真似事《まねごと》みたいなのは、俺には似合わない。

「じゃあな。気をつけて帰れよ」

「ええ。楠葉さんも」

ちょっとだけカッコつけた俺のセリフも、特に意に介さないあっさりした返事だった。

なんとまあ、恥ずかしい。

「……」

「……」

「……」

「……」

「おい」「あの」

思いがけず声が重なり、俺たちは同時に立ち止まった。

「……なんでついて来るんだよ」

「それはこちらのセリフです。なぜ、私の隣を歩くんですか」

「家がこっちだからだよ。当たり前だろ」

「私だってこっちが帰り道です。ずっとまっすぐ」

「……え？」

橘《たちばな》の言葉に、俺は思わず頭を抱えた。

「……俺もなんだが」

「えっ……」

おいおい……もう勘弁してくれよ。

夜の道で俺と向かい合いながら、橘は自虐的な苦笑いを浮かべていた。おそらく、俺も似たような顔をしていることだろう。

「……いや、まあよく考えれば、行きつけの銭湯が同じって時点で、その可能性もあったな……」

「……たしかに、そうですね。つけ麺屋さんも、近所でなければ歩いて来たりしませんし」

少しの沈黙。それから、俺たちはなぜか、一緒になって吹き出してしまった。あの大人しそうな橘が、腹を押さえて笑っていた。

どうやら俺たちは、かなり近くに居を構えているらしい。今までの出来事を踏まえればまあ、当然といえば当然なんだけれど。

「わかりました。途中まで、一緒に帰りましょう。なんだかもう、バカらしくなってきました」

「だな。わざわざ片方が遠回りするのもおかしな話だし」

呆《あき》れたように頷《うなず》き合って、俺と橘はまた歩き出した。横に並んで、ペースを合わせて、のんびりと歩く。この先どうなるとしても、今日くらいは橘と関わってしまっていいような気がしていた。

ふと、緩やかな夜風が吹いた。隣にいる橘の髪がなびく。その様子は、まるで映画やドラマの中の光景のように、とんでもなく綺麗《きれい》だった。

「楠葉さんは」

「えっ？」

突然の橘からの呼びかけで、俺はハッと我に返った。俺の妙な反応に、橘は少しだけ首を傾《かし》げる。

「楠葉さんは、どうして友達がいないんですか？」

「なっ……なんでそれを」

オーラか？　ぼっちのオーラが出てるのか？

「一緒にご飯を食べる相手がいないと、言っていたでしょう？」

「あ、ああ、そういえば言ったか、そんなこと」

よかった、オーラじゃなくて……。

橘にバレないように、俺はホッと胸を撫《な》で下ろした。

「俺は友達を作ってないだけだ。できないわけじゃないんだぞ」

「はい。だから、なぜいないんですか、と聞いているじゃないですか」

「あ、はい」

なんだかそう返されると、逆に情けない気がする。先に予防線を張ろうとした俺、ダサすぎるだろ……。

「ひとりが好きなんだよ、俺は」

「それは、なぜですか」

「ひとりの方が、気楽だからな。人付き合いは疲れる。ひとりなら、誰かと仲がこじれたり、喧嘩《けんか》したりしなくて済むだろ」

「楠葉さんは、よく喧嘩するんですか？」

「しないよ。友達いないからな」

「なら、本当にそうなるか、わからないのではないですか？」

「わかるよ。昔からそうだから」

中学までは、俺にだって友達と呼べなくもない連中はいた。けれど、一緒に遊んだり、話したりしているうちに、みんな俺から離れていった。

「なにが原因なんでしょう」

「俺の性格が、人付き合いに向いてないんだろうさ。性格が悪い、と言ってもいい」

「性格が悪い、ですか」

「端的に言えば、な」

「……私は、そうは思いませんが」

「え？」

「……」

そこまで言って、橘は黙ってしまった。綺麗な形の顎にピトッと指先を当てて、難しい顔をしている。

俺も、それ以上はなにも言わなかった。

「じゃあ、俺ここだから」

言って、自分のマンションの前で立ち止まる。これでまた、お別れだ。

が、なぜか橘は、気まずそうな顔でジッと俺を見つめていた。

「な、なんだよ……？」

「……このマンション、裏にもうひとつ棟があるでしょう」

「あぁ、あったな、そういえば。B棟だろ。それが？」

まあ、ほとんど存在を意識したことはないけどな。向こうの住民と交流があるわけでもないし。

しかしなぜ、橘がそんなことを知っているのだろうか。

「……そこが、私の家です」

橘はそう言って、乾いた声で少しだけ笑った。

◆　◆　◆

「隣のマンション!?」

銭湯へ行った次の日の昼休み。教室で昨日の出来事を話すと、恭弥《きょうや》はマヌケな声で無遠慮に叫んだ。

「バカ！　声がデカいんだよ！」

「あ、あぁ、ごめん……」

「ったく……」

幸い今の言葉だけでは、周りの連中に内容までは伝わっていないらしい。チラッとこっちを見たやつこそいれど、興味を持った様子はなかった。

恭弥に話したのが間違いだったか……。とはいえ、こんなことをひとりで抱えているのも、今の俺には正直できそうにない。

「隣じゃない、裏だ。うちのマンションは裏に、もうひとつ棟があるんだよ。塀で区切られてはいるが、裏口を通れば簡単に行き来できる」

「それってつまり､同じマンションってことか？　なんで今まで気づかなかったんだよ？」

「入り口が違うんだよ。俺のA棟は南側、橘のB棟は北側に出入り口がある。そして、学校までは前の道をまっすぐ行くだけでいい」

「ずっと違う通りを使って登下校してたのか。なるほど」

「たぶん、そういうことだ。ただ、昨日の銭湯は南側の通りにある。だから帰り道が被《かぶ》ったんだ」

「はえ〜〜」

恭弥はひどく感心した声を上げた。そして、すぐに品の悪いニヤけ顔になる。

「つまり、だ。橘さんと仲よくなるチャンスは、まだまだあるってことだよな？」

ガバッと無理やりに肩を組んで、ひそひそ声で恭弥は言った。相変わらず距離が近い。

それにこいつ、まだ諦めてなかったのか……。

「ないよ、チャンスなんて。それに、そんなチャンスはいらん」

「嘘《うそ》つくなよ。なら、なんでその話を俺にしたんだ？」

「うっ……」

答えに窮する俺に、恭弥は全てを見透かしたような嫌らしい視線を向けた。

「それになぁ、廉《れん》。『性格悪いとは思わない』なんて、ある程度好意を持ってないと言わないんだよ。橘さんはお前に恩を感じてるわけだから、憎からず思っててもおかしくない」

「その貸し借りはもう解消した。終わった話を持ち出すなよ」

「なくなったのは貸し借りだけだろ？　一度変わった人の気持ちは、そう簡単には消えないよ」

そう言った恭弥は、腹が立つくらいの満面の笑みだった。

わかったような口を……。俺に無用な期待をさせて、こいつはいったいなにがしたいんだ……。

「俺はな、廉。お前とダブルデートをするのが夢なんだよ」

「……本気で言ってるなら相当気持ち悪いぞ、恭弥」

「キモくねぇよ！　それに、本気だぞ俺は！」

「ならその一生叶《かな》わない夢、ずっと見てろ」

「ああ、そっちこそ見てろよ！　絶対に実現してみせる！」

屈託のない笑顔で恭弥は宣言した。こいつはやっぱりアホなんだろう。なにを言っても無駄らしい。

「でもさ、廉だって橘さんと仲よくなれたら嬉《うれ》しいだろ？」

恭弥の言葉に、俺は自然と橘の顔を思い浮かべてしまった。

恐ろしく整った無表情な顔。幸せそうに寿司《すし》を食べる顔。首を傾げながら眉を寄せる、困ったような顔。

どの橘も、底なしに綺麗だった。橘と仲よくなりたくないなんて、そんなことが言える男がこの世に存在するのだろうか。

「……」

「ほら、否定できない」

「ちっ……違うって。ちょっとぼーっとして……」

「どうだか」

恭弥の人を食ったような口調が、どうにも気に入らない。

違うんだよ、俺は。お前みたいに、ちゃんと他人と向き合えるような、そんなできた人間じゃないんだ。

期待して近づいて、失敗して嫌われる。それが俺の、いつものパターンなんだよ。

それでも相手に無理に合わせるストレスに耐えられないから、こうして割り切って諦めてるんだ。

「まあ、べつに俺だって、無理にとは言わないよ。廉が嫌なら、潔く諦める」

「……ホントかよ」

「もちろん。でも、もしも橘《たちばな》さんと仲よくなりたくなったら、そのときは俺を頼れよな！全力でサポートするぜ！」

恭弥はそう言って、右手の親指をグッと立てた。それと同時に、昼休み終了を告げるチャイムが鳴る。

「勝手なやつ……」

恭弥は立ち上がると、さっさと自分の席に戻っていった。

けれど、そうでなければ、俺と友達なんてやってられないのかもしれなかった。

第3話 美少女を覗く

「……寒っ」

震える両腕をさすりながら、俺は古本屋から帰宅した。晩メシも外で済ませてきたため、既に辺りは暗くなっている。

もう五月だというのに、今日の夜はやけに冷える。異常気象の影響か、これも。

階段を上がり、二階の自分の部屋を目指す。さっさと風呂に入って、今日はゴロゴロしよう。

「ん？」

思わず、足を止めた。

今俺がいる階段からは、裏のB棟が見える。それだけなら特になにもないのだが、今日はいつもとは違ったものが見えた。

「……橘？」

二階の一室の前に、薄い緑色のパジャマを着た人影が、ポツンと立っていた。ここからでは柵に隠れて上半身の後ろ姿しか見えないが、ほぼ間違いなく、橘理《り》華《か》だろう。なにせ、美少女はオーラが違う。

だが、なぜにパジャマ……？　くそっ、正面が見えないのがもどかしい。

橘は俺の存在に気づいた様子はなく、ただずっと、黙って直立していた。状況がまったく読み取れない。

しばらく様子を見てみても、橘は身動きひとつしなかった。

なにかを待っている？　それとも、立ち往生か？

閉め出された、なんてことはないだろうな。オートロックのホテルじゃあるまいし。

「……」

気づけば、俺は階段を降りて、Ｂ棟を目指していた。二階まで上がって、壁の陰からパジャマの少女を見る。

やっぱり、橘だ。

こんな夜に、知り合いがひとりで部屋の前に立っていたら、誰だって気になるに決まっている。だからこれは、当然の行動だ。断じて、なにか下心があるわけじゃない。

「おい」

「ひゃっ！」

声をかけると、橘はびくっと肩を弾ませてこちらを見た。珍しく、取り乱した表情だ。

だが橘は俺を見ると、なんだかホッとしたような顔をしてから、ほのかに頬を赤らめたようだった。

なんだ、その反応は。

「楠葉《くすば》さんでしたか。驚かさないでください」

「俺だって驚いたぞ。なにやってんだ、そんなとこで」

「……言いたくありません。あなたには関係ないでしょう」

さすがは橘、拒絶の仕方がストレートだ。

しかしまあ、たしかに橘の言う通り。気にはなるが、しつこく詮索するほどのエネルギーもない。

「そうか。じゃあな」

「はい」

あっさりと別れて、俺はA棟に戻った。橘も子供じゃないんだし、なんなりとうまくやるだろう。

階段を上りながらも、またチラッとB棟の方を見る。橘はさっきまでとなにも変わらず、ただ立っていた。

びゅうっと冷たい風が吹き、寒気が襲う。階段を上がり切る寸前、橘が凍えたように自分の身体《からだ》を抱くのが見えた。

……あぁ、くそっ。

たしか、クローゼットに薄手のコートがあったはずだ。

数ヶ月前に着たっきりの紺色のそれを引っ張り出して、俺は部屋を出た。階段を駆け降りて、棟を移動し、また上る。

「ほら」

そして凍えたままの橘に、突き出すようにコートを渡した。

「なんですか、これは」

「着ろよ。気になって仕方ない」

「……けっこうです。いりません」

相変わらず、強情なやつだ。説得は時間の無駄だろう。

俺はコートをポイッと橘に投げつけた。思惑通り、反射的にそれを受け取ってしまう橘。

「俺もいらん。じゃ」

「ち、ちょっと！」

問答が始まらないうちに、さっさと走ってその場を去る。またA棟の階段に戻ると、橘が恨めしそうな顔でこちらを見ていた。

当然、感謝されたかったわけじゃない。だからべつに、その反応はどうでもよかった。ただ、その手に持ったコートだけは、諦めてさっさと着てくれと思う。

自分の部屋に戻り、湯を沸かしてカップラーメンを食う。食べ終わって一息ついた頃には、約三十分が経過していた。

さすがに、橘はもう中に入っただろうか？

俺は部屋を出て、階段の中程まで歩いた。が、向かいのB棟にはもう、橘の姿はない。

……念のため確認しておくか。

今日だけで何度したかわからない、階段の上り下り。生粋のインドア派である俺はもう、かなりキツくなってきていた。

階段を上り切って、さっきまで橘がいた通路を覗《のぞ》いてみる。

……いた。

橘はドアに背中を付けて、しゃがみ込んでいた。どうやら、柵に隠れて見えなくなっていたらしい。

しかも、橘は俺の渡したコートをしっかり着込んでいる。満足げなその横顔がおかしくて、思わず笑ってしまった。

「えっ？……あっ！」

橘は俺に気づき、慌ててコートを脱ぎはじめた。しかしサイズが合っていないのか、なかなか脱げずにあたふたしている。

「あはは！　なにやってんだよお前」

あんなに毅然《きぜん》としていたのに、結局着ている。素直なのか素直じゃないのか、わからないやつだ。

「こ、こっそり覗くなんて、卑怯《ひきょう》ですよ！」

「そっちだってこそこそしてたろ。堂々と着てればいいのに」

「くっ……！　き、今日は寒いんですから、仕方ないでしょう……！」

だからコートを貸してやったんだろ、とはあえて言わなかった。これ以上いじめて、へそを曲げられても困るしな。

「もういい。聞くよ、事情。なにがあった？」

面倒な探り合いは、もうやめよう。向こうも同じような心境だったのか、さっきよりも表情を柔らかくして、橘は答えた。

「……部屋に、出まして」

「なにが？」

「……ゴキブリです」

そう言った橘の表情は、その内容に反して、真剣そのものだった。

「ゴキブリ？」

「ゴキブリ」

「……それで？」

「三匹いたんです」

「それはまた、大所帯だな」

「はい、数的不利です。退去せざるを得ませんでした」

「そんなことかよ」

俺が漏らすと、橘《たちばな》はムッとした顔になった。

「一匹いれば三十四はいる、と考えられるのがゴキブリの恐ろしさですよ。あなたはそれをわかっていませんね」

「三十四いても気持ち悪いだけで、恐ろしくはないけどな」

「とにかく、あんなところでは眠れません。もう見失ってしまったので、ここで対策を講じていたわけです」

なるほど、なんとなく経緯は想像できた。

ゴキブリは一度隠れてしまうと、もう退治するのは難しい。かといって、いるものはいる。無視はできない。それで困っているというわけだろう。

「どうするんだ？」

「考え中です。幸い寒さは凌《しの》げそうですし」

いつのまにか、橘は俺のコートをちゃっかり着直していた。サンダルから覗く足が、寒そうにもじもじと動いている。

「友達に連絡は？」

「この状況で助けを求められそうな友達はふたりですが、どちらも家がこの近くではありません。それから、スマホも家の中です」

ふたり、というと、前にうちの教室に来たときの、あのふたりだろうか。片方は恭弥《きょうや》の彼女、雛田冴月《ひなたさつき》。もう片方は、橘と一緒に外で待っていた眼鏡のやつか。

「案外友達少ないのな」

「数は問題ではありません。大切なのは、信頼感と親密度です」

橘はキッパリと答えた。まあ、それには俺も同意見だ。友達と呼べそうな相手は恭弥しかいないけれど。

「うちに、バルサンがあるぞ？」

「ばるさん？」

「……バルサン知らないのか？」

「知りません」

おお、マジか。

バルサンとはなにを隠そう、害虫駆除用の秘密兵器だ。

「それがあれば、部屋中の害虫を一網打尽にできる」

「す、すごい……！」

「しかも俺が持ってるのはノンスモーク霧タイプ。火災報知器も反応しないし、マンションにはうってつけだ」

得意げな俺の解説に、橘は心底感心していた。べつに俺がすごいわけではないが、気分がいいのであえて言うまい。

「多少手間は掛かるが、二時間もあればできるぞ」

「に、二時間……ですか」

橘は顎に手を当てて、真剣な面持ちで思案しているようだった。それも無理はない。なにせ、俺が今考えただけでも、いろいろな問題が思いつく。

「まず、誰がバルサンを起動しに行くか、だな。それから起動中、どこで待つか」

「き、起動？」

「部屋の真ん中に置いて、スイッチを押すんだ。それに、テレビとかにはカバーを掛けなきゃならない。できるか？」

俺が尋ねると、橘はブンブンと首を振った。顔が青ざめている。どうやら、相当ゴキブリが嫌いらしい。

「ならゴキブリが平気なやつに頼むしかないな。俺のスマホで誰か呼ぶか？」

「いえ、さすがに友達の電話番号は覚えていません……。それに、やはりこの時間から呼びつけるのは気が引けます」

「なるほど。と、なると……」

「……」

俺たちはしばらくの間、黙って向かい合った。たぶん、向こうも俺と同じことを考えている、と、思う。

すなわち、俺が行くという選択肢。

だが、言うまでもなく問題は山積みだ。おもに、洗濯物とか。

さすがに、俺から提案するのはマズいな。下手をすると、俺がこの状況を利用して橘の部屋に入ろうとしている、と思われかねない。

俺の身の潔白と名誉のためにも、ここは橘の判断に任せよう。

だが、俺が沈黙を決意してすぐ、橘はあっさりした口調で言った。

「楠葉さん、申し訳ないのですが、お願いしてもいいですか」

反射的に、俺は頷《うなず》いていた。けれども……逆に、本当にいいのだろうか？

「焚《た》いてきたぞ、バルサン」

結局、橘は俺の部屋に一時避難することになった。もちろん、見られてはいけないものは、あらかじめ隠してある。

ついでに、部屋の中も少し掃除しておいた。なにせ、普段はかなり散らかっているからな。友達が来たりもしない以上、自分さえ快適に暮らせればいいわけだし。

「ありがとうございます」

「あとは二時間待つ。その頃にはもう、やつらは全滅してるよ」

「いい気味ですね」

「おい、怖い顔になってるぞ」

正しくは、悪い顔、だろうか。

ちなみに、橘の部屋には特に、ヤバそうなものはなにもなかった。洗濯物が干されていたりとか、服が脱ぎ捨てられていたりなんてこともない。清潔、という言葉がよく似合っていた。

まあ当然だろう。でなければ、俺を部屋に入れたりはしない。

「ほら、スマホ。いるだろ？」

「はい。なにからなにまで、すみません」

「いいよ、べつに」

スマホはベッドの上に転がっていた。回収するときに、布団からちょっとだけいい匂いがした気がする。が、あれは不可抗力だ、俺は悪くない。

「スマホ、ケースつけてないんだな。まあ、俺もだけど」

「はい。落としさえしなければ、これが一番扱いやすいです」

「……そうだな」

またしても驚くことに、それは俺の考えとまったく同じだった。相変わらず、橘と俺は妙に価値観が重なっている。

いい加減呆《あき》れるぞ、さすがに。

「それにしても、やはりけっこうな長丁場ですね……」

橘はクッションの上に正座したまま、申し訳なさそうにこちらを見た。

「すみません、楠葉《くすば》さん。私はおとなしくしているので、どうぞお構いなく」

「あ、ああ。それはまあ、いいんだが……」

俺はそう言いながら、橘が座っている辺りを横目で眺めた。

「……」

俺の部屋の中に、恋人でもなんでもない女子がいる。それだけでも充分異様なのに、相手がこんな美少女で、しかもふたりきりときたもんだ。

あまり考えないようにしていたが、こうして見るとやっぱり罪悪感というか、背徳感がある。

「……聞きたいんだが」

「なんですか」

「……男の部屋に入るのに、抵抗があったりはしないのか」

あえて触れないでおこう、とも思った。だが、このまま確かめずに二時間も過ごせるほど、俺は図太くない。

橘は特に表情を変えず、少しだけ顎に手を当ててから答えた。

「一般的に男性の、ということならありますが、相手が楠葉さんなら、特には」

「な……どういう意味だよ、それ」

俺は一般的な男じゃないってか。まあ、自信を持って反論するほどの材料もないが。

「リスクが大き過ぎますから。それがわからない人がバカなことをします。そして、楠葉さんはそうではないでしょう?」

「……ま、まあ」

なんだか、釈然としない気分だった。褒められたのか? まあ、とりあえずは信用されている、と捉えておこう。

「とは言っても、それだけ美人なら多少過剰に警戒してもいいと思うけどな」

っと、思わず本音が漏れてしまった……。

だが、嫌悪感を向けられることを予測したのに、橘は特に気にしていない様子だった。

ひょっとすると、この手の賛辞は聞き慣れているのかもしれない。

「ちゃんと、その場に応じてそれなりの防衛態勢は取ります。今はそのときではない、それだけです」

「……なるほど」

実にシンプルな返答。さすがに十六年この容姿と付き合っているだけあって、俺が想像するようなことは織り込み済みらしい。

「けれどそれを言うなら、楠葉さんにだってリスクがあります。異性を部屋に上げたという事実が、相手に悪用されないとも言い切れませんからね」

「それは……まあ、たしかにな」

「もちろん、私にそんな気はありません。だけどたしかに、お互いリスクがある。この状況を安全だと思えるくらいには、私は楠葉さんのことを知っているつもりです」

「……そうか」

橘の淀《よど》みない言葉に、俺はただただ頷くしかなかった。こいつは相変わらず理性的というか、合理的というか。

だがお陰で、肩の荷が下りたような気分だった。まあ、もちろん美少女が部屋にいる、ということ自体が気にならなくなったわけではないけれど。

「ですから改めて、ありがとうございます、楠葉さん」

「いや、いいよ。それにバルサンなんて使わないしな、俺」

「そうなんですか？　ではなぜ持っていたんです？」

「ひとり暮らしの餞別《せんべつ》で、親父《おやじ》がくれた」

もっと他になかったのだろうか。いい布団とか、いい椅子とか。

親父のセンスのなさに悪態をつきながらも、俺はあることに気がついた。気づくのが遅れたのは、それが俺にとって、当たり前のことだったからだろう。

「楠葉さんも、ひとり暮らしなんですね」

「も、ってことは、やっぱりそっちもか」

高校生のひとり暮らしなんて、それほど多くはないはずだ。これはまた、妙なところが一致したもんだな。

「今日のお礼は、また近いうちにさせていただきます」

「いらん……って言っても、引き下がらないよなぁ」

「はい。例によって」

「わかったよ。俺も自分から首突っ込んだわけだし」

議論したって無駄なのは、前回の弁当の一件でわかりきってる。さっさとお返しされてしまった方が無難だろう。

「……楠葉さんは」

「ん？」

言いながら、橘《たちばな》は顔をそらした。俺の部屋をぼーっと見渡しながら、なんということもなさそうに、言葉を続ける。

「やっぱり、いい人だと思いますよ」

「……そりゃどうも」

◆◆◆

橘の家にバルサンを焚いた次の日。

今日の昼休みは、恭弥《きようや》も俺に絡んでくることはなく、静かだった。カバンからコンビニのパンを取り出し、スマホをいじりながら頬張る。

休み時間にスマホを使っていいというのは、俺のような人間にとっては大変ありがたい。それなりの進学校だけあってか、うちの高校は校則がゆるいのである。

誰に声をかけられることもなく、黙々と食事を進める。教室の真ん中では、恭弥が数人の男子たちと楽しそうに騒いでいた。

チラッと廊下の方を見ると、大勢の生徒たちが話しながらどこかへ向かっていた。おおかた、弁当を持っている連中は中庭だろう。

あんなリア充の巣窟に飛び込めるのは、それこそリア充だけ。俺なんて、まだ一度も中庭に出たことがない。出たいとも思わないけれど。

「ん？」

ふと、見覚えのある人物が廊下を通りかかった。遠目でもわかるこのオーラは、やっぱり橘理華《りか》だ。おまけに恭弥の彼女の雛田《ひなた》冴月《さつき》、それから例のもうひとり、ポニーテール眼鏡の女子も一緒だ。

その三人の出現で、廊下の方が一気に華やかになったように見える。これが美少女のちからか……。

「恭弥、行くわよ」

「あぁ、おっけー！」

窓から教室を覗《のぞ》き込んだ雛田に声をかけられ、恭弥が弁当を片手に教室を出る。その様子をぼんやり眺めていると、近くに立っていた橘と、目が合った。

俺が目をそらす前に、橘はいつかと同じようにペコっと会釈する。あれは間違いなく、俺を見ている。

迷った末、俺は小さく二回頷いて、一応の反応を返しておいた。周りの目があるとはいえ、さすがに無視は気が引ける。

それにしても、相変わらず律儀なやつだ。

橘一行はそれっきり教室の前を通り過ぎ、当然ながら戻ってくることはなかった。

◆　◆　◆

ピンポーン、という呼び鈴の音で目が覚めた。

なんだ？　新聞の勧誘ならお断りなんだけどな……。

寝ぼけ眼をこすりながら、インターホンのモニターを見る。が、そこで一気に眠気が吹き飛んだ。

制服姿の橘理華が、ビニール袋のようなものを提げて姿勢よく立っている。

いったい、なんの用だ？　殴り込みか？

玄関まで歩いてドアを開けると、橘はほっと胸を撫《な》で下ろしたように見えた。

「こんばんは」

「……おはよう」

「もう少し早く伺うつもりだったのですが、お返しをどうするか決めていなかったので、遅くなってしまいました。すみません」

淀みなく話す橘の声で、だんだんと頭が冴《さ》えてくる。

そういえば、そんな話もあったっけか……。

「昨日は、本当にありがとうございました。部屋にはもう、ゴキブリの気配はありません」

「ああ、それはよかったな。次はちゃんと、ごきぶりホイホイ置いとけよ」

「はい。友人にもそう言われまして、既に設置済みです」

「そうか、聡明《そうめい》な友達だな」

「上がっても構いませんか」

「……なんでだよ」

「ん」

短くそんな声を出して、橘はビニールの中身を俺に見せた。俺もよく利用する、スーパーの袋だ。

中にはニンジンやジャガイモ、玉ねぎ、青ネギ、それから鶏肉《とりにく》、カレーのルーなど、さまざまな食材が入っていた。

「昨日楠葉さんの部屋を見て、あなたの食生活は大体わかりました。お礼にするなら、栄養バランスの取れた食事がいいかと」

「おお」

素で感心してしまった。実のところ、以前に食べた橘の弁当のうまさが、俺はまだ忘れられずにいたのである。

あんな料理をまた食べられるというのは、願ってもない話だ。……が、しかし。

「……いや、それだとそっちの労力が大きすぎる。貸しと見返りが平等じゃない」

「またそれですか」

橘はジト目になり、呆れたように首を振った。

「私はこれでも足りないと思っているくらいです。私とあなたの価値観が違う以上、双方が納得する見返りなんてありません」

「た……たしかにそうだが」

「細かく考えすぎなんですよ。友達なんですから、助けられたらありがとう、お返しされてもありがとう。それでいいじゃないですか」

「……ん？　と、友達？」

橘の意外な言葉に、俺はマヌケな声を上げてしまった。

「友達なのか……？　俺たち」

「少なくとも、私はそう思っています。楠葉《くすば》さんがどうかまでは、わかりかねますが」

橘は堂々とした声音で言った。打算も躊躇《ちゅうちょ》も感じない、まっすぐな口調だった。

友達。俺と橘が、友達？

「べつに、それについて議論しようとは思いません。関係をはっきりさせることに、私は価値を感じないので」

俺からの反論を制するようにそう言いながら、橘は俺の横をすり抜けて部屋に上がり込んだ。意外と強引なやつだ。

「……なんだか、昨日より散らかっているような」

「ギクッ」

「……まあいいです。台所、借りますね」

「はい」

橘は持参したらしいエプロンを着けて、テキパキと動いた。たぶん、普段から料理をしているんだろう。手つきが慣れているし、危なげない。

その間に、俺は部屋の物を片付けることにした。漫画や服が散らばっていて、今のままではとても橘を座らせるスペースがない。

それにしても、あの橘が俺の家に来て、手料理を振る舞ってくれるとは。なんだか、おかしな展開になったもんだ。

「そういえば、バルサンを買って返すのを忘れていました」

「いや、いいよ。使わないから、俺」

「それなら、なにか他のもので埋め合わせします」

「なんだよ、他のものって」

「考えておきます」

俺と話しながらも、橘はどんどん調理を進めて行く。なにができるか知らされていない分、だんだんワクワクしてきた。

「ところで、楠葉さんはどうしてひとり暮らしをしているんですか？」

手を動かしながら、橘はそんなことを聞いてきた。

「高校生でひとり暮らしって、楽じゃないでしょう」

「親父の方針だよ。早いうちから生活力を身につけておけってさ」

「生活力……ですか」

橘がまた、ジトっとした目でこちらを見る。

わかってる。この一年で、そんなものはまったくと言っていいほど身についていない。

自炊もできるし部屋も片付いていた橘と比べると、ますます際立つズボラさだ。

まあ実家がそれほど遠くないということもあって、きっと危機感が足りないのだろう。

うん、そういうことにしておこう。

「そういう橘はどうなんだ。男ならともかく、親が心配しそうなもんだが」

「私も似たようなものです。両親が放任主義で、通学も考えて学校の近くに住め、と」

「それはまた、勇敢な両親だな」

橘の親となると、なんだかすごく、娘のことを可愛《かわい》がっていそうなのに。

「それにしても、随分量が多いな」

橘の手元を覗き込みながら、俺は料理の分量に驚きとも喜びともつかない気持ちになった。

「作り置きができる物にしましたから、多めに作ります」

「おお……なんて気の利く」

「三日分くらいなら、飽きる前に食べ終わると思いますので」

言い終わるのと同時くらいに、橘はフライパンの火を止めて、料理を皿に盛り付け始めた。うちの数少ない皿を総動員して、なんとか載せられる量だ。

「完成です」

テーブルに並べられた皿から、空腹を刺激する匂いが漂う。めちゃくちゃうまそうだ。

「野菜とベーコンのカレー炒《いた》めと、ネギマヨチキンです。ご飯に合いますよ」

「おぉ……すごいな、橘《たちばな》」

俺が言うと、橘は腰に手を当ててかすかに胸を張った。その姿は言うまでもなく、恐ろしく愛らしい。

それにしても、意外とノリのいいやつだな。

ふたりで向かい合って、手を合わせる。ちなみに米は、パックのをレンジで温めた。

「いただきます！」

「いただきます」

……うめぇ。

なんとなく優しさがあって、身体《からだ》にもよさそうだ。ご飯に合う、と言っていただけあって、特にネギマヨチキンはどんどん箸が進んだ。

「マジでうまいな」

「どうも」

橘は満足そうだった。正直、俺も大満足だ。

こんな料理が食えるなら、バルサンくらいいくらでも焚《た》いてやるのに。

「また、ゴキブリ出ないかなぁ」

「……？」

橘は当然ながら、不思議そうな顔をしていた。


「ご馳走様《ちそうさま》でした」

「お粗末様でした」

ふたり同時に、ペコリと頭を下げる。あまりにもうまかったせいで、ついかしこまってしまった。

「残りは冷蔵庫で保管してください。レンジで温めれば食べられますから」

「わかった。ありがとな、マジで」

「これからは、ちゃんと栄養バランスのいいものを食べるようにしてくださいね。インスタント食品ばかりでなく」

「……ハァイ」

「あやしいですね、その返事は」

「カップ麺とパスタは、男のひとり暮らしのお供なんだよ」

「典型的な悪習慣ですね。自炊はしないんですか」

「めんどくさい」

「……そんなことを言っているから、顔色が悪くなるんですよ。それと目つきも」

「目つきはもともとだっての」

「そうでしたか」

橘のボケ。これはこれで、珍しいものを見られた気がする。それとも、もしかして真面目に言ってるのだろうか。

「橘はよく料理するのか？」

「まあ、それなりには」

「それなりに、なあ」

あんなにうまい料理が作れるのに、それなりとは。っていうか橘って、美人で料理もできて、超ハイスペックじゃないか。どうやら勉強もできるらしいし。ゴキブリに弱いところだって、もはや長所と言っていいだろう。

唯一の欠点は、時々俺と考え方が似ているということくらいか。

ところで、橘は食事を終えた後も、自分の家に帰る素振りを見せなかった。とはいえ、帰れと言うのも忍びない。しばらくは様子を見ることにしよう。

「そういえば、橘は部活やってないのか」

「ええ。これといって興味のあるものがなかったので」

試しに聞いてみた個人的な質問にも、橘はあっさり答えてくれた。案外オープンなやつなのだろうか。

「なら、普段家でなにしてるんだ」

「本を読んだり、映画を見たり、あとは勉強ですね」

「ふぅん」

意外と普通だった。まあいくら美少女とはいえ、橘もただの女子高生ということなのだろう。

「楠葉さんはなにをしているんですか」

「食うか、寝るか」

「勉強は」

「勉強もカウントに入れるのか?」

「さっき私がそうしていたでしょう」

「ああ、そういえば」

「勉強もカウントするとすれば、なにをしているんですか」

「食うか、寝るか」

そこで、橘は堪《こら》えるようにクスッと笑った。なんとなく、してやったような気持ちになる。

なんだか知らない間に、俺と橘は気安く会話するくらいの仲になっているらしかった。

ここ数日は色々なことがあり過ぎたから、それも仕方ないこと、なのだろうか。

いや、あるいは。

「なあ、橘」

「なんですか」

あるいは、俺は舞い上がっているのかもしれない。橘に『いい人だと思う』なんて言われて、嬉《うれ》しくて冷静さを欠いているのかもしれない。

だとしたら、俺は落ち着かなければならない。それはきっと、後悔と落胆のもとだろうから。身の程知らずな期待だろうから。

「お前は、嫌じゃないのか？　俺と話すのが」

「……いえ、特に」

そう答えた橘は、心底怪訝《けげん》そうな顔をしていた。

「なんでだよ」

「嫌じゃない、ということに、理由がありますか？」

「いや……でも、俺は」

そこで、俺は言葉に窮してしまった。

嫌なやつだから。暗いやつだから。理屈っぽいから。

そんなセリフが次々と頭に浮かぶ。けれど、そのどれを伝えても、橘は首を傾《かし》げるだけのような気がしていた。

「……あなたが周りの方と、どんな関係性を築いているのかはわかりませんが」

「……」

「私はあなたに感謝していますし、悪い印象も受けていません。だから、あなたとこうして話していたって、嫌な気持ちになんてなりません。それに、仮に嫌なら、私はここへは来ない」

「……そうか」

橘の声には、一切の飾り気がなかった。本当に、心の底からそう思っているのだろう。

自分の中にある無謀な期待を、今のうちに消しておこうと思ったのに。拒絶されるために、この質問をしたのに。

橘は、俺がほしかった答えを返しはしなかった。けれど本当は、こっちの答えの方がずっと、俺は聞きたかったのかもしれない。

「……変なやつだな、橘は」

「絶対に、あなたほどではありませんよ」

第4話 少年は観念する

「ふぁ……あぁ……」

いつものように六限を眠って過ごし、チャイムの音で目を覚ます。惰性で起立と礼をして、各々盛り上がりながら解散していくクラスメイトたちを見るでもなく、俺は少しの間ぼぉっとしていた。

恭弥《きょうや》も今回は俺のところへは来なかった。部活の連中と騒いでから、彼女である雛田《ひなた》冴《さ》月《つき》と合流して教室を出て行く。廊下には、今日も橘とその友達だという眼鏡の女子の姿があった。

今度はあらかじめ視線をそらしておいた。きっと目が合えば、また橘はなにかリアクションを取るだろう。それが嫌なわけではないが、どういう反応をするのが適切かわからず、困ってしまうのだ。

悩みは少ない方がいい。ここは、気づかないフリをしておくのが得策だろう。べつに気づいたところで、なにかあるわけでもないんだし。

「……ん？」

俺が適当に目線を向けていた窓に、突然ひとりの女子が顔を出した。思わずばっちりと目が合う。しかもそいつは、眼鏡を掛けてポニーテールを揺らす、例の橘の友達だった。橘ほどではないが、美人。だが橘や雛田と比べても、より一層のリア充オーラを感じる気がする。

そいつは数秒の間俺を見つめると、ふと口元を緩めて笑みを浮かべた。

なんだ？　いったい……。

その後は特になにも起こらず、教室内と廊下の喧騒《けんそう》は去っていった。俺もゆっくり立ち上がって、のんびり教室を出る。

さて、帰るか。なんとなくさっきの女子が気になるが、なにもないならそれが一番だ。

◆　◆　◆

「待っていたわよ、楠葉《くすば》くん」

「……やっぱりなにかあったか」

わざと相手に聞こえるように、俺はそう漏らした。

俺がいつも使っている、学校の南門。初めて橘に会ったときも通ったその門の前で、さっきの女子が待ち構えるようにして立っていた。

セリフから察するに、俺がここを使うことを知っていたらしい。

「なんで待ってたんだよ。教室でもこっち見てたろ」

「話があるのよ。正確には、聞きたいこと、だけれど」

よく響く、耳触りのいい声だった。堂々とした立ち方で、けれど高圧的ではなく、余裕と自信を感じる。よくみるとかなり均整の取れた顔立ちで、正統派美人という印象だ。雛田よりもまだ背が高い。いわゆるモデル体型というやつだろうか。

「俺は聞かれたいことなんてないぞ」

「そう、それは残念ね」

「……」

「それじゃあ、質問その一」

「おい」

俺が止めると、眼鏡の女子はクスクス笑った。なんとも調子の狂うやつだ。正直、橘《たちばな》よりもずっと扱いにくい。

「答えないぞ、俺は」

「いいわよ。聞きたいことがあるだけで、答えてほしいわけじゃないから」

「な、なんだよそれ……」

「いいからいいから」

「……じゃあ、先に俺に質問させろ」

なんとなくこいつからは逃げられないような気がして、俺はそんなことを言っていた。

まだ俺は相手の名前も知らない。それなのに質問だけされるのは、さすがに気に食わなかった。

「それじゃあ、どうぞ」

「……あんたの名前は」

「須佐美千歳《すさみちとせ》。二年五組よ。あなたがここに来るのがわかったのは、ちょこっと調査をしたから」

「そんなに聞いてないんだが……」

「聞かれそうだから先に答えただけよ。他に知りたいことはある？」

どうやらポニーテール改め須佐美は、自分のことを知られるのをまったく恐れていないらしい。根暗の俺には真似《まね》できない芸当だ、さすがはリア充……。

「……なんで俺に興味があるんだよ」

「あなたが最近、私の友達と仲がいいみたいだから」

「……べつに、仲よくなんかない」

「あら、誰のことかわかってるの？」

「あっ……！」

くそっ……はめられた。私の友達、なんて言ってボカしたのはそのためか。

再びクスクス笑う須佐美。だがその様子は、おかしいというよりも、むしろ嬉しそうに見えた。

「それじゃあ、私の質問ね。あなた、理華《りか》のことが好きなの？」

その言葉に、俺はおもしろいくらいに動揺していた。

こういう、こっちのペースを平気で自分のものにしてくるところが、リア充の苦手なところなんだ。

「……好きじゃないけど」

「答えないんじゃなかったかしら？」

「……お前」

須佐美は余裕のこもった笑みを絶やさなかった。

それにしても、歯に衣《きぬ》着せぬにも程があるだろ、こいつ……。

「友達としてはどう思うの？」

「友達じゃないよ、べつに」

「あら、そうなの？　理華は友達だって言っていたのだけど」

「あいつの方では、なぜかそう思っているらしい」

橘の手料理を食ったのが、もう一昨日のこと。たしかにそのとき、橘は俺のことを、友達だと言った。その意図と、あいつの本当の気持ちは、俺にはわからない。

「そもそも、友達ってなんだよ。どこからが友達で、どこからが違うんだ？　片方が友達だと思えば、それでもう友達なのか？」

「さあ。どうでもいいわ。あなたはそんなことが気になるの？」

「そういうわけじゃ……ないが」

「それじゃあ、あなたは理華のこと、友達だと思ってないのね？」

「あ、ああ……」

「そう」

　それから、須佐美はしばらく黙っていた。用が済んだなら早く帰りたいところだが、門の前に立たれてはそれもできない。

　須佐美は俺の顔をまじまじと眺めながら、顎に手を当てていた。

「どうして、私が答えなくていいって言ったか、わかる？」

「……いや」

「あなたはきっと、言葉よりも顔の方が正直だろうって思ったからよ。そうしたら、案の定ね」

「……なにが言いたいんだよ」

「いえ、べつに。言いたいことがあるとすれば、ひとつだけよ」

　ふと、須佐美の表情が柔らかくなった。さっきまで満ちていた余裕が消えて、今はひたすら、優しさと温かみを感じる。同い年の女子には決して似合わない、なんだか不思議な顔だった。

「理華はあんなだけど、いい子だから、仲よくしてあげてね。あなたなりのやり方で、構わないから」

「……そう言われても、もう、これ以上関わらないよ」

「それでもいいから、お願いね」

須佐美はそう言って、小さく頷《うなず》いた。

変なやつ。でも、悪いやつではなさそうだ。なんとなくだが、恭弥に雰囲気が似ている気がした。

「千歳！」

突然聞き覚えのある声がして、誰かが須佐美の後ろに現れた。背は低いが、圧倒的な存在感と美貌は見間違いようがない。橘だった。

「あら、バレちゃった？」

「まさかと思って来てみれば、やっぱりここでしたか！」

「ふふ。さすが、鋭いわね」

「笑いごとではありません！　楠葉さんに迷惑をかけてはいないでしょうね！」

「失礼ね。迷惑なんてかけないわよ。ね、楠葉くん？」

同意を求めるような視線を向ける須佐美。俺はせめてもの仕返しのつもりで、黙っていることにした。

「ほら！　行きますよ、千歳！」

「はいはい、わかったわ」

「楠葉さん、千歳がすみませんでした」

「次からは、ちゃんと手綱を握っててくれ」

「はい」

橘はペコリと頭を下げると、まったく反省していなさそうな須佐美の手を引いて、正門の方へ歩いていった。ふたりの姿が見えなくなってから、俺は深く息を吐いて、胸に手を当てた。

「……なんだよ、この友達みたいなやりとりは」

帰ったら、銭湯に行こう。こういうもやもやしたときは、あそこに限る。

それから、作りおいてある橘の料理を食おう。あれがなくなれば、今度こそ完全に、俺たちの関係も終わりだろうから。

◆◆◆

「あっ……」

銭湯から帰るなり冷蔵庫を開けて、俺はとんでもないことに気がついた。

「……ない」

橘に作ってもらったネギマヨチキンとカレー炒めが、綺麗《きれい》さっぱりなくなっている。誰だ、誰が食いやがった。もちろん俺だ。

「昨日食い過ぎたか……」

いざなくなってしまうと、こんなに悲しいとは。それほどうまかったということなんだろうけれど……さて、どうしたもんか。

カップ麺の買い置きはちょうど切れている。家に着く直前に降り出した大雨のせいで、また出かけるのも面倒だ。

変な美人には絡まれるし、風呂の後に雨には降られるし、メシはなくなるし、災難続きだな、今日は。

「うーん」

あるのは味付け海苔《のり》と、パックの米だけ。

……まあ、いけるか。調味料と海苔で米を食おう。不健康極まりないが、男のひとり暮らしにはこんな日もあるってもんだ。

そうと決まれば。

と、俺が冷蔵庫を閉めた途端「ドゴォォォン」という轟音《ごうおん》と稲光、それに地響きがした。

雷だ。それもかなりでかい。こりゃ、どこかに落ちたな。

窓の外を見ると、雨はますます勢いを増していた。雷もいっそう激しくなってくる。そこまで大きくはないにしても、ゴロゴロという音と稲妻が止《や》む気配はない。

俺は味付け海苔と米を取り出した。一応探してみたが、戸棚にはやはり他にこれといった食料はなかった。

いよいよ、男のクッキングタイム開始だな。

が、そこでピンポーンと突然呼び鈴が鳴った。こんな時間のこんな天気に、いったい誰がなんの用なんだ。

居留守を使おうかと迷ったが、なぜかドアを開けた方がいい気がした。

「こ、こんばんは」

「……なんだよ」

橘理華が、いつか見たパジャマ姿で立っていた。ズボンの裾と、足が少しだけ濡《ぬ》れている。

「あ、あの……」

橘はわかりやすく言い淀《よど》んでいた。思ったことはストレートに。ずっとそんな印象だった橘にしては珍しい。

身体《からだ》をもじもじさせ、ほんのりと頬を染めている。

「そ、そうです！　料理のときに使ったエプロンをそちらに忘れていないかと思いまして！」

「エプロン？　あぁ、あれか。いや、うちにはないぞ」

「うっ……疑わしいです！　確認させていただきます！」

橘《たちばな》は焦ったようにそう言って、俺の横をすり抜けようとした。そんなこと言われても、ないもんはない。

「いや、ないぞ。っていうか俺、橘が持って帰ってたの覚えてるし。よく探したのか？」

「……と、とにかく！」

〝ドゴォォオン!!〟

「ひぁああっ!!」

今日一番の轟音に、橘は悲鳴を上げながら、あろうことか俺にしがみついてきた。小柄な身体がすっぽりと俺の胸に収まる。

「うおっ！　お、おい!!」

引き剝がそうと試みるが、ガタガタと震える橘は俺の服をがっちり摑《つか》み、放そうとしなかった。

俺の頭が、動転しながらもひとつの結論に辿《たど》り着く。すなわち、橘がここに来た本当の理由は……。

「……もしかしたらあるかもしれない、エプロン」

「えっ……」

「……うん、たぶん俺の記憶違いだ。ある可能性も否定できないから、ちょっと探してみてくれないか？」

俺が言うと、橘は俺の服に埋《うず》めた顔をチラリと覗《のぞ》かせた。捨て猫みたいな表情で俺の顔色を窺《うかが》っている。

雷が怖いのか、とは聞かないでおくことにした。人には誰しも、知られたくないことのひとつやふたつ、あるというものだ。

「……仕方ありませんね。すぐ行きましょう」

「おう、頼む」

安心したように落ち着いた橘は、あっさり俺から離れた。が、俺の服の裾は摑んだままで、ささっと部屋の中へと身体を滑り込ませてくる。

俺も一枚噛《か》んだとはいえ、妙なことになったな、こりゃ。

そして、裾を摑むのはできればやめてくれないだろうか……。

「えっ。私の料理、もうなくなってしまったんですか」

並べられたカラの皿をまじまじと眺めながら、橘が驚嘆の声を上げた。

「ああ。昨日で全部食べきってたらしい」

「多めに四日分は作っておいたはずですよ。どなたかにおすそ分けしたんですか？」

「いや、全部自分で食べたよ。ってか、そんな相手が俺にいるとでも？」

「それはまあ、たしかに」

「おい」

ちょっとは否定してくれたっていいだろ。

「……驚愕《きようがく》の食欲ですね。計算外でした」

「いやぁ、めちゃくちゃうまくて、つい」

「……そうですか」

橘の顔がかすかに綻んだように見えた。あの橘も、褒められると嬉《うれ》しいらしい。最初の印象と比べて、随分と人間味を感じるようになったもんだ。

でも、うまかったのは本当だ。どうせならもっと、たくさん作ってもらっておけばよかったな。

俺はキッチンから移動し、テーブルの横に座った。用意しておいた味付け海苔とマヨネーズ、それから米を並べる。

「えっ……なんですかそれは」

「今日のメシだけど」

「……あり得ない」

「あり得なくねぇよ。仕方ないだろ、食料がないんだから」

「それにしたって……はぁ。ちょっと待っていてください」

そう言うと、橘は立ち上がって、玄関に向かって歩いた。

「どこ行くんだよ」

「うちにレトルトカレーがあります。インスタントですが、それよりはずっとマシでしょう」

「おお、そりゃありがたい」

「すぐ戻ります」

「あ、おい。ひとりで行けるのか？」

「な……なんのことですか？」

ああそうか、雷は怖くない設定だったな。

「いや、なんでもない」

「そ、そうですか……」

橘はドアを開けると、顔を上げてジッと空を睨《にら》んでいた。幸い、さっきよりも雷は弱くなっている。雨脚は相変わらずだが。

「……チャンス」

　小さい声でそんなことを言いながら、橘はドアを閉めて出ていった。たったったという足音が遠ざかっていく。

「大丈夫か……？」

　とはいえ、こうなっては俺にできることはない。味付け海苔を大事に食べながら、のんびり待つことにした。

　うーん、普通にうまいな、味付け海苔。

　そのとき、また雷鳴が響いた。しかもかなり大きい。

　これは、マズいのでは……。

　俺は玄関まで歩いて、ドアを開けてみた。目を凝らすと、階段の最終段に手のひらが掛かっているのが見えた。

　あれは、まさか……。

「た、橘！」

「く、く、楠葉《くすば》ざん……」

　やっぱり、橘だった。腰が抜けているのか、その場にしゃがみ込んで動けなくなっている。ただ、手にはしっかりレトルトカレーの箱が握られていた。

「わ、私はどうすれば……」

橘は怯《おび》えていた。またいつ、次の雷が鳴ってもおかしくないからだろう。

そんなに怖いなら、無理しなくていいのに……。なんで俺のメシなんかのために、そこまでするかな……。

「負《お》ぶされるか？」

「えっ……」

「ずっとここにいるよりはマシだろ？　背負って部屋まで歩くから」

俺は橘のいる数段下まで降りて、背中を橘に向けた。

もういい、関わってやるよ。それでまた傷ついたって、そんなのは慣れっこだ。傷がひとつくらい増えたって、今さら痛くも痒《かゆ》くもない。

「ほら」

「……う、動けません」

「マジか……」

「て、手を伸ばすだけなら、なんとか……」

手を伸ばす……って言ったって……。

ああ、もう。こうなったらヤケだ。

しゃがみ込んでいる橘の膝の下に、無理やり手を入れる。同時に背中に反対の手を当てて、思いっきり持ち上げた。

「き、きゃあっ!!」

「ぐっ……非力なんだぞ、俺は……」

いわゆるお姫様抱っこの状態になる。橘の見た目からして、体重は相当軽いんだろうが、インドア派の俺にはそれでもキツかった。

「首に手を回してくれ……」

「は、はいっ……！」

橘の両手が首に巻きついてくる。少しだけ重さが軽減されて、俺はやっとの思いで階段を上り切った。

あとは直線、さすがにいけるはずだ。

「く、楠葉さん……！」

「な、なんだよ……」

「……すみません」

「……また、料理作ってくれ」

「……はい」

部屋に帰り着くと、俺はなんとか靴を脱いで、橘をリビングの椅子の上に下ろした。何度も深呼吸して、乱れた息を整える。

女の子を平気でお姫様抱っこしてる男って、すごいんだなぁ、実は……。

橘から靴を受け取って玄関に置き、リビングに戻る。橘はタオルで濡れたところを拭きながら、これ以上ないくらいに、申し訳なさそうな顔をしていた。

「……恥ずかしいです、雷が怖いなんて」

「まあ、ゴキブリの件といい、怖いもんは仕方ないだろ。ひとり暮らしするには、かなり不利だけど」

「……また、迷惑をかけてしまいましたね」

「いいよ。今日のカレーと、それから次の料理でチャラにする」

「……ありがとうございます」

その後、俺は橘にもらったレトルトカレーを食べ、橘はしおらしく正座していた。

その間も、俺の手には橘の体温が残って消えなかった。心臓がかすかに高鳴って、橘の背中の感触が何度も蘇《よみがえ》る。こんなことになって、意識するなって方が無理だろう。

『仲よくしてあげてね』

須佐美《すさみ》に言われたことが、頭の中で再び響いた。

『あなたなりのやり方で、構わないから』

違うんだよ。こんなのは、俺のやり方じゃないんだ。

「……楠葉さん」

「ん？」

「……楠葉さんは、私と友達になるのは、嫌ですか」

「……いや、そんなことは」

くそっ……。どうやら、須佐美が余計なことを言ったらしい。

「……以前は、関係をはっきりさせなくてもいいと言いましたが」

「……おう」

「やっぱり、私はちゃんと、楠葉さんと友達になりたいです」

橘《たちばな》は伏せていた顔を上げて、まっすぐこちらを見ていた。笑うわけでも、泣くわけでもない、真面目な顔。

「迷惑、でしょうか？」

迷惑なもんか。俺はただ、怖かっただけなんだ。

友達になったって、仲よくなったって、またすぐに嫌われる。それがわかるから、最初から逃げてただけなんだ。

友達になるために、仲よくなるために、人付き合いに向かないありのままの自分を殺す。それができないから、こうして諦めていただけなんだ。

でも、もしそれをしなくてもいいのなら。それでも嫌われないのだとしたら。

……いや、いずれまた嫌われるのだとしても。

「……もう、友達でいいよ」

「……本当に？」

「ホントだって」

こんな俺と、友達になりたいなんて。そんなこと言われて、嬉しくないわけがないんだ。

相手が美少女だからとか、そんなことは関係がなくて。俺はただ、ありのまま好きに生きていた俺を、少しでも受け入れてもらえたことが嬉しくて仕方ないんだ。

「まあ、友達になったからといって、なにか変わるわけでもないしな」

「……それもそうですね」

「そうなのかよ」

「だって、そうでしょう」

「そっちが友達になろうって言ったんだぞ」

「やっぱり友達じゃなくてもいいかもしれません」

「おいこら」

俺と橘は笑った。クスクスと押し殺すように、俺たちらしく笑った。

あぁ、でもなんかこれは、すげぇ友達っぽいなぁ。

第5話　美少女が怒る

「友達になったぁ!?」

昼休みの教室で、恭弥《きょうや》は口をあんぐり開けて叫んだ。相変わらず、ひとりでも騒がしいやつだ。

ただ今回ばかりは、恭弥が驚くのも無理はない気もした。

「うるさいな」

「い、いつのまに……あの廉《れん》が、あの橘さんと……」

恭弥は「俺だってまだちゃんと話したことないのに！」と、実に不届きなことを言って嘆いていた。

お前には愛《いと》しの彼女がいるだろうが。

俺は、ここ数日であった出来事を、気まずいところをボカしながら恭弥に話した。恭弥を相手取るときは、質問攻めにされるよりも先に全部話してしまった方が、話がややこしくならずに済む。

「廉……お前ってやつは……」

「な、なんだよ……」

ガシッと肩を摑《つか》んできた恭弥の手を払い除《の》けながら、俺は持っていたパンをかじった。対して、恭弥の昼食はいっこうに減る気配がない。

「いいなぁ……」

「しみじみ言うな」

なぜか涙目になる恭弥。ため息が出そうになるが、今さら呆《あき》れても仕方ない。こいつはアホなのだ。

「まあ、友達になったからって、なにも変わらないけどな」

「変わるだろ！」

変わるらしい。どうやら恭弥の考えは、俺や橘のそれとは違うようだ。

「友達といえば、学校で話したり、一緒に遊びに行ったり、昼メシを一緒に食ったり、そういうことするだろ！」

「……するかな」

「しろよ!!」

「いや、べつにわざわざそんなことするのも面倒だし、俺もあいつも、そういうタイプじゃないというか」

「くぅ～っ！　じゃあなんのために友達になったんだよ！」

「……なんのためだろうな」

「おい！」

恭弥は大袈裟《おおげさ》に落胆し、頭を抱えていた。

しかし言われてみれば、俺と橘はなぜ、わざわざ友達になったんだろうか。冗談や照れ隠しでもなく、きっと俺も橘も、さっき恭弥が言ったようなことを、やろうとも、やりたいとも思わないだろう。

昨日は一大決心みたいに感じていたが、ひょっとすると俺たちの関係は、特になにも変わっていないのでは。

「……いや、まあそうか。そうだよな」

「な、なんだよ、その反応は」

「俺が間違ってたんだ。あの廉が、最初からそんなに上手《うま》く、友達付き合いなんてできるわけない。それも、橘さんみたいな子と」

「おいこら」

「よし！　ならもっと廉が橘さんと仲よくなるために、俺が課題を出す！」

「課題？」

「その通り！　廉は俺の出す課題を、ひとつずつクリアしていくんだ！　いいな？」

「……いや、遠慮しとく」

そんなリア充みたいな発想に付き合わされてたまるか。

「なんでだよ!!」

「やだよ。そういうエネルギーを使いたくないから、俺は友達を作らないんだぞ」

「じゃあ俺を橘さんと遊びに行かせろ!」

「勝手に行ってろ」

「くそぅ……これが友達の余裕ってやつか……」

たぶん、違うと思う。

「……あっ」

「今度はなんだよ」

間の抜けた声を出した恭弥の視線の先を追う。と、そこには教室を覗《のぞ》き込んでキョロキョロと首を動かす、雛田冴月《ひなたさつき》の姿があった。そしてその後ろには、橘理華《りか》が隠れるようにして立っている。

「恭弥!」

「冴月! やっほー」

恭弥を見つけた雛田は、一直線にこちらへ向かって歩いてきた。向こう側の橘と目が合う。

橘はまた、ペコリと会釈した。恭弥と楽しそうに話し出す雛田と、その横にいる俺。橘はふたりをちらちらと見比べるように視線を動かすと、ゆっくりとした足取りでこちらに近づいてきた。

美少女ふたりの登場で、クラスの連中がざわつき始める。が、その美少女のうちのひとりは、あろうことか謎の根暗モブと視線を交わしているときたもんだ。

さぞ不思議なことだろう。なにせ俺にも不思議なんだから、当然だ。

それにしても、やっぱりこれは、周囲の好奇の目が痛いな……。

「こんにちは、楠葉《くずば》さん」

「おう」

橘は小声だった。目立つのは気にしない橘には珍しい。が、少し恥ずかしそうな様子から察するに、昨日の一件がまだ消化できていないのかもしれない。なにせ、俺もそうだし。

「今日は、あいつはいないのか？」

「あいつ？　ああ、千歳《ちとせ》ですか。生徒会の集まりがあるそうで、そちらに」

思わず、ホッと胸を撫《な》で下ろした俺がいた。須佐美《すさみ》って、なんか苦手なんだよなぁ。

「生徒会なのか、あいつ」

「似合うでしょう？」

「似合うな」

クスッと笑う橘に釣られて、俺も頬が緩んでしまう。

橘が笑うと、なんだか自分のガードを外されるような感じがするなぁ。

「前から気になっていたのですが」

「なんだよ」

「楠葉さんのお友達というのは、冴月の彼氏さんのことだったんですね」

「あ、あぁ。まあな」

「そうですか。意外と、近いところに繋《つな》がりがあったわけですね」

「べつに、友達の彼女なんて完全な他人だけどな」

「またそういうことを言って」

橘は呆れた声でそうこぼすと、チラッと雛田と恭弥の方を見た。雛田はすっかり恭弥の隣で弁当を広げ、しばらく動きそうな気配はない。

橘は諦めるように息を吐くと、同じように俺の隣に座った。四人で固まって、四つの机を占領する形になる。

なんだかこれ、めちゃくちゃリア充っぽい布陣だな。なにせメンバーが豪華だ。もちろん、俺以外。

「ここで昼メシ食うのかよ……」

「冴月がそのつもりのようですので」

いつか見た、薄緑の布に包まれた弁当を広げる橘。

リア充の宴会に俺を巻き込まないでほしいんだが……。

「気まずいな……」

「ここにいてくださいね。楠葉さんがいなくなったら、今度は私が気まずくなります」

「目立ってんだよ、お前ら……」

「あなたは少し、周りを気にしすぎです。悪いことをしているわけでもないのだから、堂々としていればいいんですよ」

「また、変な噂《うわさ》が立つぞ……」

「平気ですよ」

「平気なもんか。前だってそうだったろ」

「では、どんな噂が？」

「『橘《たちばな》　理華が、根暗モブにつきまとわれている。』」

「そうですか。では、実際には？」

「……橘理華と楠葉廉は……あっ」

「友達、ですよ。ほら、現実の方がよっぽど、彼らにとってはショッキングです」

「……まあ、たしかに」

橘はなぜか得意げに、そして嬉《うれ》しそうに笑った。ただ橘の言う通り、そう思えばこんな状況も、べつに大したことでもないような気がした。

「ところで、楠葉」

「……ん？」

突然そう呼ばれて、俺はぼけっと口を開けてしまった。そもそも、俺は人から名字を呼び捨てにされることに慣れていないのだ。理由はお察しの通りである。

「あんたよ、あんた」

「な、なんだよ」

声の主は、斜め前に座っている雛田冴月だった。

はっきりした気の強そうな顔立ちで、美人。おまけに声に張りがあって、俺のような根暗は萎縮してしまう。

まさしく、ヘビに睨《にら》まれたカエルだ。頼むから食べないでくれ、ゲコゲコ。

「あんた、なんか最近理華と仲いいらしいわね」

「なっ……だ、誰がそんなことを」

直球かよ……。

橘といい雛田といい、それからあの須佐美といい、さすがリア充は発言がストレートだ。

「恭弥」

「お前か……」

「ホントなんだからいいだろー、べつに」

恭弥はこっちを向いて、嬉しそうにニヤニヤしている。こいつ、人のプライバシーを……。

「……仲いい、って言うほどじゃない。多少、気軽に話すってだけで」

「そうなの？　理華」

「いえ、友達です。仲もいいですよ」

「おい……」

俺が睨んでも、橘は平然としていた。

くそっ……目力が足りないんだろうか。

「どっちなのよ？」

「なぜ嘘《うそ》をつくんですか、楠葉さん」

「いや、嘘っていうか……まあ、なんだ」

「わかってやってくれよ。こいつ、俺しか友達いなかったから、困惑してるんだ」

恭弥《きょうや》が失礼極まりないことをあっさり言った。が、つまりはそういうことだ。完全に、的を射ている。

たしかに、俺は橘と友達になった。だが、「俺は橘理華と友達です」なんて胸を張って言えるほど、俺は自信家じゃない。

それからさらに言えば、雛田の目が怖い。自分の友達に、悪い虫が付いたんじゃないか。そんなことを危惧する気迫を、俺は雛田から感じていた。

「下心じゃないでしょうね？」

「ちょっと、冴月」

「違うって……まあ、いろいろあってだな」

なぜか法廷に立たされたような気持ちになる。俺が橘と親しくなったのが気に食わないのだろう。まあ、無理もないとは思うが。

「もし、ゲスな考えで理華に近づいたんなら、私が許さないから」

「冴月」

「なんだよ、ゲスな考えって……」

よっぽど信用されていないらしい。今さらこんなことを言われたところで、凹《へこ》んだりはしないけれど。

ただ、橘本人はともかく、周りがここまで言うんじゃ、やっぱり橘と友達になるなんて、やめた方がよかったんじゃないか？

「ちょっとでも怪しいと思ったら、私が黙ってないわよ」

「……冴月」

「ああもうわかったよ。近づかなけりゃいいんだろ」

「それが一番ね。そもそも、あんたと理華なんて友達としても釣り合わ」

「冴月！」

突然、冷たくも鋭い声が響いて、俺と雛田は凍ったように固まった。見ると、橘が氷のような眼差《まなざ》しで雛田を睨んでいた。

「冴月、いい加減にしてください」

橘の声は、明確な怒気を含んでいた。冷たい炎のようなオーラで、雛田を突き刺すように見据える。

「だ、だって……楠葉が」

「楠葉さんと友達になりたいと言ったのは私です。それに、楠葉さんは冴月が思っているような人ではありません」

「で、でも……その……」

橘の淀《よど》みない言葉に、雛田は親に叱られる子供のように小さくなっていった。直接怒られているわけじゃない俺ですら、少し身体《からだ》が縮こまる思いがする。

「いくら冴月でも、私の友達を悪く言うのは許せません。私は、怒っています」

「……は、はい」

橘はそこまで言うと、少しだけ頬を膨らませて黙った。雛田は顔を伏せながらも、チラチラと橘の様子を窺っている。

「あー、はいはい。冴月、今のはお前が悪いぞ。廉《れん》にはそんな度胸も行動力もないから、思い過ごしだって」

「おい」

恭弥が笑顔で割って入り、おかしな空気が少し和らいでいくのがわかった。さすがイケメン、場の整え方が様になっている。

「橘さんも、許してやってくれよ。冴月《さつき》は橘さんのこと、心配なんだ」

「……ふぅ。いえ、私こそすみません。少し、言いすぎました」

「り、理華《りか》……」

どうやら、事態は無事に収まりそうだ。

それにしても、橘があんなに怒るとは。俺のため、とは少し違うかもしれないが、橘の言葉が嬉しくなかったとはもちろん言えない。

橘は俺のことを、本当に友達だと思ってくれているらしい。いや、真面目なあいつのことだから、当然といえば当然なのだけれど。

「申し訳ないのですが、今日のところはこれで帰ります。冴月、行きますよ」

「う、うん……」

未《いま》だにしおらしい雛田《ひなた》の手を引いて、橘は教室を出ていった。

ふと気づくと、クラスの連中の数名が、物珍しそうな目でこちらを見ていた。まあ、さすがに今回は仕方ないだろう。

俺は恭弥とふたりで肩を竦《すく》め合ってから、残った昼メシを黙々と口に入れた。

◆　◆　◆

「楠葉《くすば》さん」

放課後、昇降口で靴を履き替えていると、聞き覚えのある声で名前を呼ばれた。顔を上げると、やはり橘だ。後ろには、雛田冴月が居心地悪そうに立っている。

「お昼はすみませんでした」

「いや、気にしてないよ」

ぺこりと行儀よく頭を下げる橘とは裏腹に、雛田は気まずそうにもじもじしていた。

いったい、なんの用だ？　報復か？

「ほら、冴月」

「う、うん……」

橘に促されて、雛田が重い足取りで前に出た。雛田は半ベソをかきながら、スカートの裾を両手で握りしめている。

「……あの、楠葉」

「……お、おう」

「……お昼は、ひどいこと言ってごめん」

ばつが悪そうに視線を脇に投げながら、雛田は蚊の鳴くような声でそう言った。

「全部、理華に聞いた。……変なやつから助けてくれたのも、ゴキブリ退治してくれたのも。あんたが悪いやつじゃないっていうのは、恭弥と一緒にいるところ見て、わかってたのに……」

「い、いや、いいよ、そんなわざわざ……」

まさか、あの気の強い雛田が、俺に謝りにくるなんて。いや、きっとこれも橘の差し金なんだろう。俺に謝らないと許さない、とでも言われたに違いない。

だがそれでも、こうして謝られると、多少のイライラも簡単に吹き飛んでしまう。どうやら、というかやっぱり、俺は単純なやつらしい。

ところで、橘は雷の件は話していないらしかった。まあ、その方が得策だろうな。あの出来事は、説明するには少し、恥ずかしすぎるし。

「理華、可愛《かわい》くてモテるから、心配で……。あんたが追っ払ってくれた男子だって、しつこかったみたいだし……」

「ああ、返り討ちにしたっていう、あれか」

口ぶりから察するに、雛田は直接関わってはいないようだ。ということは、やったのは須佐美《すさみ》か。あいつの返り討ち……想像するだけで恐ろしい。

「理華に近づいてくる男子って、大抵は下心ありきなのよ。だから、変に気を張っちゃってて……」

「まあ、そうだろうなあ」

「でも、あんたはそりゃ、違うわよね……。ホント、ごめん」

そう言って、雛田は しょんぼりと項垂《うなだ》れてしまった。

わかってる。恭弥から雛田が好きだって相談を受けてたときから、俺は全部わかってるんだ。

雛田のこういう、友達思いで素直なところを、恭弥は好きになった。散々聞かされたから、よく知ってる。

だから俺は、あんなことを言われてもべつに怒ろうとも思わなかったし、むしろ雛田の言う通りだ、とすら思っていた。

「楠葉さん、私からも、ごめんなさい」

「マジで気にしてないから、もういいよ」

「……そうですか？」

「あぁ。じゃあ俺、帰るから」

向きを変えて、さっさと歩き出す。あんまり長いこと美少女と一緒にいたら、また目立つからな。

それにしても、どうやら須佐美といい雛田といい、橘《たちばな》は友達からやたらと愛されているらしい。

正直、放って置けないという意味で、ふたりの気持ちも少しわかる気がする。もちろん、本人には言わないけれど。

「楠葉さん」

再びかけられた声に、ピクッと肩が跳ねた。足が止まり、反射的に振り返る。

「……なんだよ」

「私も今から帰りです」

「……だから？」

「友達で、家が隣なんですよ？　一緒に帰る方が自然でしょう」

「そ、そうか。……そうか？」

「そうですよ」

そうらしい。まあ、俺よりも橘の方が友達上級者だから、ここは大人しく言う通りにしよう。

……あっ。いや、ちょっと待て。

「……やっぱやめた」

「なっ……どうしてですか」

「目立つ」

「気にしすぎですよ」

「そっちが気にしなさすぎなんだ」

「目立ったからどうだって言うんですか」

まったく引き下がる様子のない橘は、俺の横にぴったりとついて離れなかった。俺は頭を掻《か》きながら、いつもの南門を目指す。幸い、あそこならまだ、人目はかなり少ないはずだ。

「学校での居心地が悪くなるだろ」

「周囲の目を気にしている方が、よっぽど居心地悪いですよ」

「……まあ、そうかもしれないけど」

「それに、楠葉さんは直接誰かに詮索されたりしないでしょう？　友達少ないんですから」

「くっ……言い返せねぇ」

「気にしなければいいんです。そうすればみんな、そのうち飽きますよ」

橘は終始落ち着いていた。目立つことや、噂《うわさ》されることに慣れているのかもしれない。

きっと、橘は俺なんかより、よっぽどそういう機会が多いに違いない。それなのにここまで堂々としているのは、素直にカッコいいと思った。

俺ごときの目立ち方で、なにをうろたえることがあるんだろうか。そう考えると、フッと身体が軽くなったような気がした。

「……帰り、スーパー寄るけど」

「そうですか。では、私もそうします」

「食料を買い溜《だ》めしなきゃなぁ」

まあ、いいか。橘と友達になったんだ。どうせこれから、嫌でもそれなりに目立つことになるだろうし。

「あんまり偏ったものばかりはダメですよ？」

「へいへい」

「あ、真面目に聞いていませんね」

「聞いてるって」

「ところで、楠葉さん。冴月から伝言です」

「……おう」

「『悪いとは思ってるけど、あんたは嫌い』だそうです」

「……わざわざ伝えないでくれよ」

「必ず伝えてくれと言われまして」

「あいつ……」

抜かりないというか、雛田らしいことだ。

目的地のスーパーは、学校とマンションのちょうど間くらいにある。

俺と橘はなんとなくの流れで、お互いの必要なものを一緒に見て回った。

「楠葉さん」

「ん？」

「カップラーメン、買い過ぎですよ」

「必要だからな」

「必要ではないでしょう」

橘はジト目で俺を睨《にら》んでいた。

そんなことを言われても、カップ麺は俺の生命線だ。買わなければ死んでしまう。

「食料は必要だろ」

「栄養が偏ります。食料ということなら、他にも代替物がたくさんあるでしょう」

「レトルトカレーとか？」

「野菜とか」

「冷凍パスタとか？」

「魚とか」

「惣菜《そうざい》パンとか？」

「どうやら意思の疎通ができていないようですね」

「そうか？」

改めて思えば、俺と橘は随分と親しげに話をするようになっていた。橘は思ったより社交的、というか、話し好きのようだ。

ただ、やはり一番大きいのは、気を使わなくていいということだろう。なぜか橘が相手だと、向こうの話題やペースに自分を合わせようという気が、ほとんど湧いてこない。

価値観や考え方が似ているせいで、もともとペースが近いのだろうか。もしかすると、相手に好かれようとか、相手を楽しませようという思いが、お互いにないのかもしれない。

それがいいことなのか、悪いことなのかはわからない。橘がどう思っているのかも、全然わからない。

けれど俺にとっては、こんなに気楽なことはなかった。

「これも買いましょう」

「あっ、勝手に納豆入れんな！」

「身体《からだ》にいいですよ。ご飯にも合います」

「好きじゃないんだよ」

「好き嫌いはいけませんよ」

「ゴキブリ嫌いなくせに」

「食べ物の話です。それに、あれは生理的嫌悪感ですから、仕方ないんです」

「じゃあ橘は、嫌いな食いもんないのかよ」

「……ありません」

「露骨に怪しいな」

「あ、洗剤を買わないと」

「誤魔化すの下手か」

その後も俺たちは、あーだこーだ言いながら買い物を進めた。

数分後には別々に会計を終え、並んで袋詰めをする。橘はエコバッグを取り出して、買ったものをそれに入れていた。

「細かいところしっかりしてるな、橘は」

「あなたがいい加減なんです」

「男はこんなもんだろう」

「性別は関係ないでしょう。人間性の問題です」

「そうかなぁ」

「そうですよ」

一緒にスーパーを出て、マンションへ向かって歩く。食料ばかりの俺と違って、橘は日用品が多いのでエコバッグがかなり膨らんでいた。

「ん」

「……なんですか？」

「持つよ」

「平気です。見た目ほど重くありませんので。でも、ありがとうございます」

「そうか」

素直に手を引っ込める。

必要なら助けるし、必要ないなら助けない。それが、俺が思う『友達』の自然な形だった。橘も、きっとそう思っているんじゃないだろうか。

「楠葉《くすば》さんは、やっぱり優しい人ですね」

「……そんなことは」

「冴月《さつき》のことも、すぐに許してくれましたし。むしろ、私の方が怒ってしまったようで……」

「……まあ、あいつは恭弥《きょうや》の彼女だからな」

「友達の彼女だと、すぐに許せるんですか？」

「いいところを知ってるからだよ。怒った理由もわかる気がしたし、そこまで嫌じゃなかったから」

「……そうですか」

橘《たちばな》はそう言ってから、視線を正面に向けた。相変わらず、ピシッと伸びた背筋が凛々《りり》しい。小柄なのに立ち姿が綺麗《きれい》で、存在感がある。

「たしか、夏目《なつめ》さんと冴月が交際を始めたのは、楠葉さんのおかげだとか」

「おかげなもんか。恭弥が勝手にそう言ってるだけだよ」

「そうなんですか？」

「ああ。俺はあいつが話すのを、ただ聞いてただけ。俺がいなくたって、あいつらは付き合ってたさ」

「話を聞いてもらえるというだけでも、ときには大きなちからになると思いますよ」

「そうだよ。でも、その役目は俺じゃなくてもいい」

ただ話を聞いて、相槌《あいづち》をうつだけ。そんなのは誰にだってできる。誰にでもできるなら、それはむしろ、俺じゃない方がいいだろう。

「だから、恭弥が俺に感じている恩なんてのは、そんな大したもんじゃないんだ。ただ、偶然その相手が、俺だったってだけで……」

「そう、でしょうか」

「えっ……」

橘は、こちらを見ずに言った。少しだけ斜め上に視線を向けて、不機嫌そうにツンと口を尖《とが》らせていた。

「夏目さんほど友達の多い人なら、相談相手はいくらでも選べたはずでしょう。冴月を好きになったんですから、人を見る目だってある」

「……」

「そんな人が、大切な恋愛の相談相手に、あなたを選んだ。そこには明確な意志があると、私は思います。それから、夏目さんの選択は、間違っていなかったとも」

「……なんで」

思わず立ち止まった俺に、橘は身体ごと振り返った。道の真ん中で、俺たちは向かい合う。

「なんで……そんなふうに言ってくれるんだ？　俺なんかただ根暗で、自分勝手なやつなのに……」

「私がそう思うから。それ以外に理由なんてありません」

「……」

「楠葉さんはもう少し、自分を評価してあげてもいいと思いますよ」

「……無理だよ、それは」

「……そうですか」

それっきり、俺と橘はまた、前を向いて並んで歩いた。

当然、真に受けちゃいない。けれど、橘の言葉が嬉《うれ》しかった。

他の誰もそう思っていなくたって、橘ひとりだけでも、そう感じてくれているなら。それだけで俺は、贅沢《ぜいたく》すぎるほどに幸せだと思った。

……でも。

「……橘」

「なんですか」

「橘には、人を見る目はないと思うぞ」

「いいえ、ありますよ。私の友達は、いい人ばかりですから」

「……そうかい」

それは、俺も含めての話か？

その質問は、今日のところはやめておくことにした。

第6話　美少女がしがみつく

エンドロールが終わり、劇場内がゆっくりと明るくなっていく。観客のほとんどが席を立って出口へ向かう中、俺は座ったまま、しばらく動けずにいた。

今日は土曜日、そして、俺がずっと楽しみにしていたミステリー映画の公開日だった。

もちろん、事前にネットでチケットを購入し、ど真ん中の席で見た。

たしかに、めちゃくちゃおもしろかった。正直、期待以上だ。だが、ひとつだけ、俺の腰を重くしている要因があった。

「うぅん……」

ラストシーンの解釈が、まとまらない。

前屈《まえかが》みになりながら唸《うな》ってみても、やっぱりダメだった。

ミステリーにはよくある、印象的で、謎と余韻を残す終わり方。それでも、大抵いつもは自分の中で、ひとつの解釈に辿《たど》り着く。

なのに、今回はそれができない。いい映画だっただけに、無性に悔しかった。

「……くそっ」

全ての観客がいなくなったあたりで、俺はとうとう諦めて立ち上がった。

仕方ない。あとは家で、ゆっくりメシでも食いながら考えよう。

「ん？」

「えっ」

気づけば、俺のひとつ前の席に、ひとりの少女が立っていた。どうやら背もたれの高さに隠れて、俺の位置からでは見えなかったらしい。

「……こんにちは」

「……久しぶりだな、このパターン」

橘理華《りか》だ。

やはり、というかなんというか、相変わらず趣味が近い。場所はともかく、時間帯まで被《かぶ》るというのはもはや神のいたずら的ななにかを感じるが。

俺と橘は一緒にシアター内を出て、ポップコーン売り場の近くのベンチに、並んで腰掛けた。

「で、今日はなにしに来たんだよ」

「映画を見に来ました。以前から楽しみにしていた作品なので、公開日に見たくて」

「俺が今日来ることは？」

「もちろん、知りません。そちらは？」

「知るか」

ふたり揃《そろ》って、同時にため息をつく。

もはや、あまり驚きはない。だが回転寿司《ずし》や銭湯のときとは違い、橘とはもう友達だ。

あのときはただうんざりしていたが、今日は少しだけ、自分が喜んでいるのを俺は感じていた。

「この手の映画、好きなのか」

「はい、わりと。ただ、今回はかなり、期待していまして」

「……理由は？」

そう尋ねながらも俺は、もしかしたら、と思っていた。当たっていてほしい気持ちと、はずれてほしい気持ちが混ざり合って、なんだか妙な気分だった。

「去年公開された、『獄中のアンドロイド』という映画、ご存じですか」

「……知ってるけど？」

「世界で初めて殺人を犯したアンドロイドが逮捕され、人々が彼に面会にやって来るシーンの連続で物語が進む。あれは、傑作でした」

「……そうだな」

傑作。そう、傑作だった。なにせその作品は、俺が一番好きな映画なのだから。

「私は、あの映画が一番好きなんです。そして今日の作品『水底で待ち合わせ』は、『獄中のアンドロイド』と」

「監督と主演が同じなんだ」

「えっ……」

橘は綺麗な目を大きく見開いていた。少しだけ薄暗い映画館内に、透き通るような瞳の輝きが揺れる。

「……そうです。だから、きっと今回もおもしろいだろうと思いました。そして、やっぱりおもしろかった。おもしろかったんですが……」

そこで、橘は言い淀《よど》んだ。橘の気持ちが、手に取るようにわかる。なにせ俺たちは、自分が想像している以上に、よく似ているようだから。

「腹減ってるか？」

「え？……はい、それなりに」

「じゃあ、なんか食いながら話そう。昼メシ食いたいんだよ」

「……そうですね」

橘は意外そうな顔をしつつも、コクリと頷《うなず》いた。俺だって少し前までだったら、こんなこと絶対に言わなかったに違いない。

けれど、同じ映画を見た後に一緒にメシに行く。友達ならそれが普通なんじゃないかと、今の俺は思っていた。

店のことを話しながら、ふたりで映画館を出る。このあたりには大抵の飲食店が揃っているから、それなりに場所は選べるだろう。

「なにが食いたい？」

「私が決めてもいいんですか？」

「なんでだよ。意見がほしいだけだ」

「なんだ。それじゃあ、天ぷらがいいです」

「古風なやつだな」

「むっ。そう言う楠葉《くすば》さんは、なにが食べたいんですか」

「俺は米が食えればいい。牛丼とか？」

「そうですか」

橘はむうっと唸り、顎に細指を当てて顔を伏せた。俺も折衷案を考える。

「……直球でいくなら」

「天丼ですよね」

「天丼だな」

顔を見合わせて、俺たちは同時に頷いた。あっさり決まってなによりだ。

頭に浮かんだ場所へ向けて、ふたりで一緒に歩き出す。この近くで天丼といえば、店はひとつしかない。

「でも俺、あの店行ったことないぞ」

「私もです」

「天丼って高いんじゃないのか？」

「千五百円くらいでしょうね。構いませんか？」

「うーん、まぁ、いいか」

「おいしいと評判ですよ。実は一度、行ってみたかったんです」

「とりあえず期待しとく」

それに天丼屋なら、同じ学校の連中と出くわしたりはしないだろうしな。

俺はそんなことを思いながら、店を目指して歩みを進めた。が、そこで気づいた。

道行く人々が、男女問わず俺の隣をチラ見している。さすがは超のつく美少女、橘《たちばな》理華だ。

しかしそんな視線も気にせず、当の橘は堂々としたものだった。というより、本当にまったく、一ミリも気にしていない様子だ。

ところで全員、ついでのように隣にいる俺を見て怪訝《けげん》な顔をするのはやめてほしい。

「え？　どういう関係？　まさか彼氏？」的な表情をするな。

安心してくれ、違うから。全然違うからもう見ないでくれよ、ホント。

「……いつもこんな感じなのか？」

「？　なんのことですか？」

「いや、視線……」

「あぁ……。まあ、そうですね。冴月《さつき》たちと一緒に出かけたときほどではないですが」

「それはまあ、たしかにヤバそうだ……」

「声をかけられるわけでもないですし、べつに気にしません」

「そうなのか。それはちょっと、意外だな」

てっきり、その辺のアホな男がすり寄ってくるものかと。

「あなたが思っているほど、私は男性にモテませんよ。きっと、性格の悪さが滲《にじ》み出ているんでしょう」

「それはまた、橘らしくない卑屈さだな」

「そんなことはありません。外見はともかく、私は内面の自己評価は高くありませんから」

きっぱりとそんなことを言って、橘は心なしか歩くスピードを上げた。

まあたしかに、自分の内面に自信がある、っていう感じのやつじゃないもんな、橘は。

そもそもそんなやつ、あんまりいないと思うけど。いたとしても、大抵はろくなやつじゃないしな。

「あ、見てください、これを」

「ん？」

橘が財布からなにかの紙切れを取り出し、俺に見せてきた。それにしても、革のふたつ折り財布とは、なかなか渋いなこいつ。

「なんだそれ」

「『獄中のアンドロイド』のチケットの半券です。これも去年、さっきの映画館で見ました」

「うわ、もしかしたらそれ、俺も残してるかも」

自分の財布の中を、ダメ元で探してみる。たしかあまりにいい作品だったから、記念に取っておいたはずだ。

……あっ。

「……これ、日付と時間同じじゃね？　しかも席……」

「……隣ですね」

なんかもう、怖くなってきたんだが……。

「お、おぉぉ……！」

「これは、なかなか……」

ふたり用のテーブル席に運ばれてきた天丼は、値段相応の豪華な見た目をしていた。二尾の海老《えび》、大穴子、卵、帆立、海苔《のり》、ししとう。各種天ぷらが、米が見えないくらいに満載されている。

「ちゃんとした天丼って俺、初めて食うかもしれん」

「私もです。いったい、どれから食べれば……」

橘は困惑しつつも、明らかに興奮していた。頬を薄く染めて、なぜか箸を一本ずつ両手に持ってうずうずしている。

つけ麺や寿司のときにも思ったけど、こいつ食べるの好きだよなぁ。普段はあんまり感情が見えないのに、食い物を前にすると子供みたいに目が輝く。

「やっぱ、海老だな。二尾いるし」

「そ、そうですね……では」

「いただきます」

「いただきます」

同時に手を合わせて、黄金色の衣をまとった海老を一口かじる。

……うお、うめぇ。

「マジでうまいな」

「マジでうまいです」

マジで、って。橘まで言葉遣いが乱れている。

ただ、その気持ちもわかる気がした。なにせ、今まで人生で食べた天ぷらとは、比べ物にならないくらいうまい。おまけに、米もタレもうまい。ついでに出てきたお茶もうまい。

なんなんだこの店は……。

「かなりのボリュームですね、それにしても」

「全部食えるのか？」

橘はかなり華奢《きゃしゃ》だ。胃袋にこれが入るか、本気で心配になる。

橘の顔よりも、どんぶりに載ってる大穴子の方がデカいからな、なにせ。

「おいしいものは別腹ですよ」

「いや、物理的に無理なんじゃ……」

「消化しながら食べます」

「めちゃくちゃな理論だな」

「理屈はご馳走《ちそう》の前では無力ですよ」

謎の名言を残して、橘は黙々と箸を進めた。俺もそれにならい、目の前の獲物を黙って食べる。

うまいものを食べるときは、集中して。そういえば俺たちは、そういう主義だった。

せっかく映画について話すために来たのに、これじゃあただうまい天丼を同時に食ってるだけだな。

まあ、そもそもここまでうまいと思っていなかったんだから仕方がない。この天丼を食いながら話すなんてのは無理だ。

一尾目の海老を倒して、帆立、大穴子を食う。大穴子の油に疲れたところでししとうを挟むと、口の中がスッキリして食欲が回復した。

うぅん、よく考えられた食材の組み合わせだ。

高校生にはちょっと高いが、量もちょうどいいし、なによりうまい。これはリピート決定だな。

案の定、俺のどんぶりが先にカラになる。一息ついて見ると、橘は少し苦しそうに、それでもやっぱり幸せそうに、帆立の天ぷらをかじっていた。

思わず、橘の顔をぼぉっと見てしまう。形のいい鼻と薄い唇。大きくて凜々《りり》しい目が細まると、どこか絵画的な魅力がある。

こいつ、やっぱりめちゃくちゃ美人だなぁ。食事してる顔がこれなんだから、よっぽど造形がいいんだろう。

道ゆく人や、学校の連中が見てしまうのも仕方ないと思える。そんな橘と友達になって、こうしてふたりで天丼屋とは。俺もずいぶん、出世したのかもしれない。

「……なんれふか？」

「飲み込んでから喋《しゃべ》りなさい」

「むっ。……ふぅ。なんですか？」

「いや、なんでもない」

「それなら、どうしてこちらをジロジロ見ていたんですか」

「だからなんでもないって」

「……ふんっ」

俺が誤魔化すと、橘は不機嫌そうに頬を膨らませた。が、すぐに再び箸を動かして、また嬉《うれ》しそうな笑みを浮かべる。

忙しいやつめ。

「ふぅ。ご馳走様《ちそうさま》でした」

「ご馳走様でした」

橘の完食したタイミングに合わせて、またふたりで手を合わせた。

橘はさすがに少し苦しそうだ。まだ映画の話もできていないし、しばらくゆっくりするとしようか。

「本当においしかったです。お気に入りリストに入れます」

「俺も入れた」

「楠葉さんもあるんですか、リストが」

「あるぞ。あのつけ麺屋と、学校の近くにあるボロい定食屋、ほかにもいくつか」

「定食屋、ですか。知りませんね」

「トンカツ定食がめちゃくちゃうまいし、安い。そしてなにより、店が静かだ」

「それは、とてもいいですね」

「今度、場所教えてやるよ」

　橘なら、たぶんあの雰囲気、好きだろうし。

「是非」

「おう。橘のお気に入りは？」

「銭湯の近くのケーキ屋さんが絶品です。それから、駅前のひとり焼肉のお店も」

「ひとり焼肉だと？」

　それは、なんて魅惑的な響きなんだ。

「いいお店ですよ。興味あります？」

「めちゃくちゃある」

「じゃあ、定食屋さんの情報と交換しましょう」

「しようしよう」

　そのあとも、俺たちの『おすすめひとり食事スポット紹介』は続いた。そのせいか、本来の目的だった映画の話になる頃には、お互いにテンションが妙に上がってしまっていた。

「いや、犯人は絶対ヒロインだろ。殺すところを見た主人公もまとめて殺した。自白してるんだからそれは間違いない」

「それはヒロインの勘違いですよ。主人公はヒロインが殺してしまわないように、先に自分で殺した。それなのに、ヒロインは自分がやったと思い込んだ。だから最後のシーンで、それに気づいたヒロインが泣き崩れるんでしょう」

「最後のシーンは主人公を殺したことを後悔したからだろ？　それにヒロインに罪を犯させないようにするためなら、自分で殺す以外にもいくらでも方法がある」

「むっ……まあ、それはそうですが」

「だろ。だから俺の解釈が合ってるはずだよ」

「……だけど楠葉《くすば》さんだって、心から納得しているわけではないでしょう？　あの監督の作品が、そんなに単純じゃないはずだと思っている。違いますか？」

「うっ……そ、そうだけどさ。でも、映像で描かれてないことを勝手に推測し始めたらキリがないだろ」

「描かれていないかどうかはわかりませんよ。見逃したのかもしれませんし、ミスリードかも」

「うー——ん……」

俺が手を組んで唸《うな》ると、橘《たちばな》は顎に指を当てて視線を斜め上に投げた。

結局、俺たちの話し合いは平行線を辿《たど》っていた。俺は自分の解釈が正しいと思う。が、橘の言うことにも一理ある。捨て置けない意見だろう。

　橘も同じようなことを思っているようで、映画の内容を必死に思い出そうと、頭をゆっくり揺らしていた。

「……もう一度、見ますか」

「え？」

「もし楠葉さんがよければ、もう一度見ましょう。幸い、あと少しで最後の回が始まります。席が取れれば間に合う」

「……なるほど。たしかに、それが一番早いな」

　俺と橘は頷《うなず》き合い、急ぎ足で天井の会計を済ませた。さらば千六百円。今日は出費がかさむ日だな。

　小走りで映画館に戻り、ふたりで券売機を操作する。思った以上に映画館の中は混んでいた。これはもしかすると、もう席がないかもしれない。

「あっ」

「……これは」

　席はほんの少しだけ空いていた。しっかりと、連番でふたつ。しかし、俺たちの指は動かない。なぜなら、その席は……。

「……ペアシート」

「楠葉さん、これって」

「まあ、なんだ、たぶん、ふたりがけの席だ。いや、俺も座ったことないから知らないけど」

顔を見合わせて、俺たちはしばらく黙っていた。橘の目と表情からは、考えていることが読み取れない。

「買いましょう」

「えっ⁉」

「間に肘掛がないだけで、普通の席でしょう」

「いや、そうだけどさ……」

「早く買わないと、埋まってしまいますよ」

「あ、おい！」

橘は言いながら、勝手に購入ボタンをタッチした。その勢いに流され、俺も自分の代金を入れる。出てきたチケットは一枚だけだった。

これがペアシートのチケットか……。

「さぁ楠葉さん、行きましょう」

「お、おう……」

特に気にする様子もなく、橘はスタスタと入場口へ向かっていってしまった。対する俺は、数メートルほど距離を保ってその後に続く。

「楠葉さん、早く」

「あぁ、はいはい」

「ペアシートのチケットではふたり同時でないと入場できないそうです。離れないでください」

「わかったわかった」

チケットを切るスタッフの睨《にら》むような視線に耐えながら、俺は橘の隣に並ぶ。

相変わらず、なにを考えてるのか、なにを考えてないのか、わからないやつだ。それとも、俺が知らないだけで、ペアシートってのは友達同士なら、普通に使うのか？

いや、そんなわけないな、さすがに。

隣で深いため息をつく俺を、橘は不思議そうな顔で見ていた。

……はぁ。いや、今さらじたばたしても無駄だ。

俺は心の中で頬を叩《たた》き、気持ちを切り替えることにした。そのままふたりでシアター内に入る。

俺たちの席は、スクリーンに向かって右の壁沿いにあった。前後を他のペアシートに挟まれ、若干だがスクリーンが見にくい位置だ。まあ、ギリギリにチケットを買った以上、それはこの際仕方ない。

　ただ、問題は……。

「これは……」

「思っていた以上に……」

　ペアシートは、俺の想像を遥《はる》かに超えて狭かった。ちょうどふたりの人間がぴったり座れるくらいの幅しかない。

　いや、これ、密着するんじゃね？　無理じゃね？

「ど、どうする……」

「……買ってしまったものは仕方ありません。いつまでも立っていては、他の方の迷惑になります」

「……マジかよ」

　橘が、奥の半分にすとんと座った。が、いつも冷静な橘もさすがに動きと表情が硬い。

　しかし、橘が覚悟して座った以上、俺が拒否するわけにはいかない。それに、目的は映画をもう一度しっかり見て、作品の理解を深めることだ。余計なことを考えるのはよくない。よくないよな、うん。

「……あ、おい、橘」

「なんですか？」

「奥行くなよ、こっちこい。見にくいだろ」

「いいよ。俺の方が背、高いし。奥でもよく見えるから」

「え、いいんですか？」

「……ありがとうございます」

俺の提案を、橘は素直に受け入れた。スッと手前に場所を移し、俺に奥の席を空ける。

俺は心を無にして、橘の隣に腰掛けた。座ってみると案外、まあ座れなくはないくらいの狭さだった。肩が触れ合ってはいるが、窮屈ではない。

ただ、やっぱりなにも感じないというわけにはいかない。俺は緊張と恥ずかしさで顔が熱くなるのを感じた。

でも、なんかあれだな。例の雷の日のお姫様抱っこに比べれば、これくらい大したことないかもなぁ。

比較対象がおかしい気もするが、そうでも思わないとやってられない。上映前の他の作品の予告を見ながら、俺は心頭滅却に努めることにした。

しばらくすると劇場が暗くなり、上映が始まった。どこかに実は重要なシーンが混ざっているのかもしれない。情報を見逃さないように、全てのシーンを慎重に見る。橘も一言も話さずに、前のめりになってスクリーンを見つめていた。

「ひっ！」

そんなとき、とあるシーンで橘が短い悲鳴を上げた。肩に力が入り、怯《おび》えたような表情で身体《からだ》を強張《こわば》らせている。

この作品はミステリーだが、終始暗い、ホラーっぽい雰囲気で物語が進む。中にはびっくりするような演出もあり、一度目に見たときも時々観客から悲鳴が上がっていた。

俺はホラーにはわりと耐性があるし、なにより二回目なので特に怖くはないけれど。

「ひぁっ！」

中盤のホラーシーンが続く場面になると、橘は頻繁に悲鳴を上げていた。両手で顔を隠しながら、指の隙間からスクリーンを覗《のぞ》いている。

こいつ、よくもう一回見ようって言ったな……。この様子だと、一回目はもっと怖かったんじゃ……。

「おい、平気なのか？」

見かねて小声で話しかけると、橘は俺のその声にも驚いて肩を震わせた。

「お、脅かさないでください。平気です」

「ホントかよ……」

「それより、ちゃんと見ていてください。隠された情報がどこかにあるかもしれません」

「わかってるよ」

周りに声が聞こえないよう、ヒソヒソ声でそんな会話をする。ペアシートは背もたれと端の肘掛が高く作られていたので、その点は少しありがたかった。

「ひゃぁっ!!」

「うおっ！」

大雨のシーン、劇中で鳴った雷の音で、橘はついに俺の腕にしがみついてきた。

そういえばあったな、こんなシーン……。

「お、おいこら！」

「ふ、不覚です……。雷のこと、すっかり忘れていました……」

橘は俺の二の腕に顔を埋《うず》め、ちらりと片目だけをスクリーンに向けていた。

こいつ、怖いもの多いな。普段は毅《き》然《ぜん》としてるのに。

それにしても……くそっ、これじゃあまるで集中できないぞ……。

「お、おい、離れろよ……平気なんじゃないのか」

「そ、そんなこと言ったたって……」

橘はあっさり弱音を吐いていた。正直、橘がなにを怖がろうと文句はないのだが、抱きしめてくるのはやめてほしい。

一度似たようなことがあったとはいえ、やはり妙な気持ちにならずにはいられない。

っていうか、こいつ自分の可愛《かわい》さホントに自覚してるのかよ……。

橘の柔らかい感触が腕から伝わってきて、集中力が著しく乱される。

そもそも、こいつ自身は恥ずかしくないのか……？　男友達の腕に抱きつくなんて、普通抵抗あるだろうに……。

「も、もうすぐダメなシーンも終わりますから、それまで、お願いします……」

「お前、一回目はどうやって耐えたんだよ……」

「そのときはまだ平気だったんです……。おそらく隣の女性が、私よりも怯えていたからだと思います……」

なるほど、自分よりもヤバい人を見ると少し余裕が出る法則か……。

仕方ない、ここはあと少しだけ我慢を……。

あ、待てよ？　たしかこの後のシーンって……

「ふぁぁぁあ!!」

俺の記憶通り、今作一番のびっくりシーンが来た。橘《たちばな》はすっかり忘れていたらしく、泣き叫ぶように俺にしがみつき、震えながら身体を密着させてくる。

いや、さすがにこれはよくない！

もうペアシートの狭さとか関係なく、俺たちはほとんど抱き合う体勢になってしまっていた。

もはや俺の意識は、スクリーンから完全にそれている。それでも橘は冷静さを失っているのか、いっこうに離れようとしない。

くそっ、なんてアホな展開なんだ……。これじゃあ映画をちゃんと見直すどころか、ただバカップルがペアシートでいちゃついてるみたいになってるぞ……。

「ぐずっ……ひぁぁ……」

だが、怖がる橘を無理やり引き剝がすわけにもいかない。俺は橘が落ち着くまで、心を無にしてただ橘の背中と頭を撫《な》でていた。とにかく早く、橘を復活させなければならない。神様、許してください。下心があるわけじゃないんです。どうか公平な裁きをお願いします……。

そんなことを頭の中で唱えながら、俺はもう、映画を見ることをすっかり諦めてしまっていた。

◆　◆　◆

「……」

「……」

映画が終わっても、俺たちは言葉を交わさなかった。無言のまま並んで映画館を出て、帰り道を一緒に歩く。辺りはすっかり暗くなっていたが、夕飯《ゆうはん》もふたりで食べよう、とはさすがに思わなかった。

後半の映画の内容は、ほとんど頭に入ってこなかった。なにせ俺たちは、抱き合った体勢のままでラストシーンを迎えたのである。当然本来の目的だった、もう一度結末の解釈を考え直す、なんてこともできるはずがなかった。

こうやって話すと、本当に理解不能で馬鹿みたいな話かもしれないが、これには深い、いや浅い事情がある。浅いというか、ただただシンプルと言った方が正しいかもしれない。

単純に、俺が橘を引き剝がそうとしても、がっちり俺の服を摑《つか》んだ橘が離れなかったのである。加えてやはり、ペアシートの中は狭い。一度落ち着いてしまった体勢を変えるのはなかなかに大変だった。

以上が、こうなってしまった理由の全てである。実にわかりやすい。

「……」

「……」

だがいくら理由が単純とはいえ、起こってしまったことは全然単純ではない。要するに俺たちは、一時間以上も抱き合っていたのだ。

ただの友達が、そんなことをするのは普通じゃない。ましてや俺は根暗モブで、相手はあの超絶美少女の橘理華《りか》だ。実際、俺は胸がドキドキするのを抑えるので必死だったし、あの状況がまったく一ミリも嬉《うれ》しくなかったかと聞かれれば、否定せざるを得ない。

ただ、なによりも俺の心にあるのは、橘への後ろめたさというか、申し訳ない気持ちだった。なにしろ、向こうは真剣に極限状態だったわけだ。本人ではどうすることもできなかっただろう。

対して俺は、無理をすれば橘を引き剥がすこともできたかもしれないし、事実そうするべきだったのかもしれない。

いくら橘の方からくっついてきたとはいえ、見方によってはこれは、環境を利用した卑《ひ》怯《きょう》なセクハラみたいなもんなんじゃないだろうか……。

とまあ、俺はそんなようなことを、黙ってここまで歩く間にずっと考えていたわけである。橘がなにも話さないのだって、きっと不快な思いをしたからだろう。先にひとりで帰ろうとしないのは、橘のせめてもの優しさか。

さて、どうやって謝ったもんだろうか……。

「……橘」「楠葉《くすば》さん」

思いがけず声が重なって、俺たちは同時に立ち止まった。気まずさに殺されそうな俺。対して橘は、なぜだかしょんぼりしたような顔をしていた。

「……先に、いいですか？」

「お、おう」

答えると、橘は足を止めたまま、意外にもペコリと頭を下げてきた。

なんだ？　いったいなんで、そっちが頭なんて下げたりするんだ？

「……すみませんでした。せっかく映画を見ることになったのに、私のせいで台なしにしてしまって……」

「……えっ？」

「しかも、冷静さを失ってしがみついたりしてしまって……楠葉さんに嫌な思いをさせてしまいました……。本当に、ごめんなさい」

「……お、お前、そんなこと、律儀に気にしてたのか……？」

「……え」

橘は伏せていた顔を上げると、不思議そうな表情できょとんとしていた。

自分の身体から、一気に力が抜けていくのがわかる。

なんだ、橘のやつ。本気でそんなことを気にして、それで今まで黙ってたってのか？

だとしたら、こいつはけっこう、アホなんじゃないだろうか。いや、もしかするとこれが、橘理華というやつなのかもしれない。言われてみればたしかに、そういう見方もできなくはないしな。

ただ、俺にとってはそんなこと……。

「どうでもいいわ！」

「痛いっ！」

呆《あき》れと、少しの安心を込めた、軽いチョップを頭にお見舞いした。橘は涙目になりながら両手で頭を押さえて、困惑したように俺の顔を見ている。

「それで落ち込んでただけかよ！　返せよ、俺の心配を！」

「だ、だって楠葉さん、劇場を出た頃から難しい顔をしていたじゃないですか！　怒っているんだとしたら、それは私のせいに決まっているでしょう！」

「決まってねぇよ！　俺なんかと一時間も密着してたのが嫌だったんじゃないのかよ！」

「……え？」

俺が嘆くように怒鳴っても、橘はまったくピンと来ていない様子だった。

「……楠葉さんは、まさかそんなことを気にしていたんですか？」

「……気にするだろ」

「……はぁ」

ため息。橘は心底呆れたという様子で、やれやれと首を振っていた。

なんかむかつく！

けれど、橘の言葉に安心している自分もいて、俺はもう、なにがなんだかわからなくなってきていた。

「楠葉さんは、アホですね」

「あ！　それ俺が言わないようにしてたやつだぞ！　お前だってアホだ！」

「まあ、それが楠葉さんという人なのかもしれませんね。私の心配を返してください」

「おいこら！」

「たしかにそういう視点で見れば、楠葉さんのやったことは人の弱みにつけ込んだセクハラですね」

「みなまで言ってんじゃねぇ！」

何度叫ばせれば気が済むんだ、こいつは……。

しかし、橘は本当に気にしていないようだった。要するに俺たちは、お互いに全然相手が気にしていないことに、申し訳なさを感じて黙っていたらしい。

つまり、ふたりともアホだってことだ。なんだそりゃ。

「あぁ、もういい。気にして損した」

「それはこっちのセリフですよ」

俺たちは恨めしさと気安さの混じった軽口を叩《たた》きながら、また歩き出した。

結局映画のことはわからなかったけれど、橘というやつのことは、より深く知れた気がする。そう思えば、まあ今日の出来事も悪くはないか。

俺はそう結論づけることにして、さっきまでよりもずっと軽い足取りで、夜道を歩いた。

「……ですが」

少しだけ後ろを歩いていた橘が、小さな声で言った。

「……どうして、楠葉さんとくっついても、嫌じゃないんでしょうか？」

それは、俺への質問だったのだろうか。それとも、自問だったのだろうか。

臆病な俺はなにも答えず、ただ、聞こえないフリをしていた。
橘も、それ以上はもう、なにも言わなかった。

第7話　少年は決意する

「おい廉《れん》！　勉強教えてくれ‼」

「やだよ」

「ええっ⁉」

　ある日の放課後。

　勢いよく頼み込んできた恭弥《きょうや》を一蹴して、俺は教室を出た。

「出るなよぉ！」

「……なんだよ」

「頼むよぉ……！　今回のテストはマジでやばいんだって！　赤点取るぞ、俺！」

「勉強しろよ」

「自分じゃなにしていいかわかんないんだよ！」

「教科書読めって」

「無茶言うなよ！」

「無茶じゃねぇよ」

「頼むぅぅう！」

恭弥は俺の腕を両手で摑み、すがりつくように叫んだ。本気でうっとうしい。

それに、ここは教室前の廊下だ。まるで俺が恭弥を泣かせているみたいで、やたらと目立っている。

ひとまず恭弥を教室内に引き摺《ず》り込み、適当な席に腰掛けた。こいつのペースに呑《の》まれたら負けだ。

ちなみに、テストとは来週行われる中間テストのことだ。生徒が放課後の時間を勉強にあてられるよう、今日から部活が休みになる。

「……彼女に教えてもらえよ」

「いや、冴月《さつき》は俺より勉強ダメだから……」

「マジか……」

頭よさそうなのにな、雛田《ひなた》のやつ。ってか、恭弥よりダメってそれ、めちゃくちゃヤバいんじゃ……。

「お前友達多いんだから、他に誰かしらいるだろ」

「廉がいいんだよぉぉお！　一番教え方上手《うま》いし、受験のときの実績もあるし！」

「……今日は帰ってゆっくりするつもりなんだよ」

「予定ないんならいいじゃんかぁ！」

「ゆっくりする、っていう大事な予定がある」

「親友の頼みの方が大事だろぉぉお！」

「うるせぇな……」

どうやら引き下がるつもりはないらしい。

……まあいいか。実際、たしかに具体的な用事はないし、どうせ最後は押し切られそうだし。

「わかったよ。その代わり、メシを奢《おご》ること。いいな？」

「おお！　さすが廉！　無条件で引き受けてくれるとは！」

「マジで帰るぞ」

「冗談です！　奢らせていただきます！」

恭弥はピシッと敬礼のポーズを取った。

やれやれ、調子のいいやつめ。

「じゃ、さっそく合流しようぜ！」

「は？　なんだよ、合流って……」

「恭弥！　いる？」

俺が恭弥の不可思議な言葉に首を傾《かし》げていると、廊下側の窓から雛田冴月が顔を覗《のぞ》かせた。噂《うわさ》をすれば影がさす、というより、普通に恭弥が目当てらしい。

「お、来たか冴月！　そっちはどうだった？」

「もちろん、連れてきたわよ！　ふたりとも！」

雛田が得意げに言い放つ。その声に応えるかのように、雛田を挟んでふたりの女子が窓から顔を出した。

「前回の実力テスト学年七位と、二位です！」

「おぉ――!!」

興奮気味に騒ぐ恭弥と雛田。そんなふたりを呆れた様子で眺めるのは、雛田の友人、橘《たちばな》理華《りか》と須佐美《すさみ》千歳《ちとせ》だった。

須佐美は今日も眼鏡にポニーテールで、歳《とし》不相応の大人びた雰囲気が目に見えるようだった。橘はいつも通り、強い存在感と凜《りん》とした表情で周囲の視線を集めている。

橘は俺と目が合うと、なぜか少しだけ顔をそらしてから、改めてペコリといつものお辞儀をした。対して須佐美は、ニコッと笑って小さく手を振る。

それにしてもこのふたり、そんなに上位ランカーだったのか。橘が勉強できるってのはちらっと聞いてたけど。まあでも、たしかに須佐美も頭はよさそうだよな。

ん？　待てよ？　合流って、もしかして……。

「こっちも前回学年九位の廉を引き込んだぜ！」

「やったー！　楠葉《くすば》って、勉強だけはできるもんねー！」

「だけって言うな、だけって」

まあ、その通りなんだけど。

「へえ、楠葉くん、案外優秀なのね」

真っ先に反応したのは須佐美だった。さっきの雛田の言い方からして、須佐美の方が学年二位なのだろう。そんなやつに褒められても嬉《うれ》しくないが、ここはひとまず、素直に受け取っておくことにする。

「人間、なにかひとつくらい取り柄はあるらしいぞ」

「あら、楠葉くんには、他にもいいところがたくさんあるじゃない」

「いいところ?」

「あ、あー千歳! それから冴月も! 早く行きましょう! 勉強、するんでしょう?」

俺と須佐美の会話を遮るように、突然橘が号令を掛けた。

なんだ、橘のやつ。今日はなんか、様子が変だな。

「っていうか、やっぱりそういうことかよ」

「この最強の講師陣がいれば、俺たちのテストも安泰だぜ! な? 冴月!」

「そうね! 目指せ、赤点回避!」

そのわりには志が低いな、おい。要するに、恭弥と雛田で結託して、勉強を教えてくれるやつを集めたってわけか。で、これから勉強会をする、と。

相変わらず、自分のペースに人を巻き込むのが底なしに上手いな、このリア充どもは。

「それじゃ、さっそく行くわよ！　場所は駅前のフードコートね！」

「いいのかよ、そんなとこで。モラル的に」

「まあ、なにか注文すれば平気でしょう。冴月がアイスを奢ってくれるみたいだし」

「楠葉の分はないけどね」

「俺は恭弥が奢ってくれるからいいですーぅ」

ってか、思考回路がまるっきりおんなじだな、このカップル。

その後、俺たち五人は固まって、ぞろぞろと昇降口まで歩いた。恭弥たちは慣れた様子だったが、俺にとっては初めての体験なので、自分の位置どりに困ってしまう。

リア充たちはいつも、こんな感じで廊下を歩いているのか……。

「楠葉さん」

「ん？」

前の塊から抜け出して、最後尾にいた俺のところに橘が近寄ってきた。橘とは数日前に映画を見て以来、初めて話すかもしれないな。

「あなた、普段勉強してないんじゃなかったんですか？」

「え？　ああ、してないけど」

「……それで九位。千歳といいあなたといい、人の努力も知らないで……」

橘は忌々しげな表情で俺を睨《にら》んできた。

たしかに俺は、人より勉強方面の定着は早い方だ。でもそれは、たぶん悪すぎる運動神経と性格を誤魔化すために、神がステータス調整しただけだと思うが。

まあこれを言ったら前に恭弥に殴られたので、あえて言わないでおくことにしよう。

「ん？　須佐美も勉強してないのか？　あいつ、真面目そうなのにな。しかも、それで二位か」

「千歳はすごいですからね。勉強だけじゃなく、スポーツもできますし、しかも美人で、スタイルもいいです」

「……へぇ」

おい神、ステータス調整ミスってるじゃねぇか。俺のマイナスの分を全部須佐美に回してるんじゃないのか？

「まあ、千歳に欠点があるとすれば」

「なんなんだよ？」

「……意地悪です」

「……なるほど」

ちょっとしか話したことない俺でも、納得の意見だった。

◆　◆　◆

「それじゃあ、ふたりともこの練習問題八問、とりあえずやってみて」

勉強会は須佐美主導のもとで進んだ。そもそもふたり相手に教え役は三人もいらないだろうから、俺は早々に離脱して、ひとりで暗記科目の教科書を読むことにする。

「えぇ～！」

「千歳ぇ、いきなり厳しくない？」

初《しょ》っ端《ぱな》からぶーぶーと不平を垂れるアホがふたり。見たところ、須佐美が選んだ問題は今回の数学のテスト範囲の中でも、基本中の基本のところだった。

つまり須佐美は、ふたりの理解度を把握しようとしているのだろう。あとはついでに、やる気も測ろうとしているのかもしれない。

「教えるためには、まずわかってることとわかってないところを明確にした方がいいのよ。効率が全然違うわ」

納得の理由だ。橘もうんうんと頷《うなず》いている。が、対するバカップルふたりは不満そうだった。

「でもいきなり問題を解くのはつらいってー！」

「そうそう。私たちはスロースターターなの」

「言っておくけど、私は成績を伸ばしたい気持ちを手助けするだけよ。あなたたちにやる気を出させる部分まで、引き受けた覚えはないわ。やる気がないならやめるけど？」

須佐美は冷えた笑みを浮かべて、静かな声で言った。途端、恭弥《きょうや》と雛田の顔がピシッと固まり、額に冷や汗が滲《にじ》んでいく。

いや、さすがに今のは俺もビビった……。普段の大人っぽい雰囲気からは想像できないほど、気迫というか、氷のような怒気がある。

まあしかし、須佐美の言うことは至極もっともだ。

教えてくれ、と言ったからには、教わる側もそれなりの態度で臨むべきだろう。成績を上げるには、間違いなく本人のやる気が一番重要なのだから。

とはいえ、まさかふたりもここまで須佐美が怖いと思ってなかったんだろう。ちらっと見ると、橘まで姿勢を正して黙り込んでいる。

「やる気も出さないで勉強ができるようになるわけないでしょう。それで、やるの？　やらないの？」

「や……やらせていただきます……」

「わ、私もやります……」

「そう。それじゃあ、その問題、解いてね」

須佐美は短くそう言って微笑《ほほえ》むと、手元のミルクティーを少しだけ口に含んだ。

頭を抱えたり、うぅーんと唸《うな》ったり。それぞれに苦しみながらも、ふたりは一応、問題に取り掛かった。その間、俺と橘はのんびりと自分の勉強を進め、須佐美はふたりの答案をじっと眺めていた。

どうやら須佐美は、付きっきりでふたりに指導するつもりらしい。これはもしかすると、俺と橘の出番はないかもしれないな。

「できなくても怒らないから、安心してね。ちゃんとレベルに合わせて、少しずつ教えるわ。悪いようにはしないわよ」

「は、はい！」

「わかりました、先生！」

完全に手懐《てなず》けている。

まあふたりの今の成績だと、正直これくらいスパルタでやった方がいいだろうしな。

「できました！」

「私もできた！」

ふたりがほぼ同時に答案を書き上げ、須佐美の方に差し出した。ざっと見た感じ、一応わからないなりになにか書いてはいるようだ。

須佐美は二枚の紙をしばらく眺め、ふぅっと深い息を吐いた。

「……深刻ね」

深刻らしい。まあ、予想通りだけど。

「疲れたぁぁあ……」

「俺もだぁぁ……」

三時間ほどみっちり須佐美に鍛えられたあたりで、ついにふたりが音を上げた。ぐったりとテーブルに突っ伏し、精気を使い果たしたかのように燃え尽きている。

しかし、思いのほか頑張ったな、ふたりとも。もっと早い段階で投げ出すかと。

「お疲れ様。よく頑張ったわね。夏目《なつめ》くんは三角関数の復習、やっといてね。冴月《さつき》は教科書の数列の応用問題を解いて、今度私に見せて。答え合わせはせずにね」

「は、はい、先生……」

「わかりましたぁ……」

力尽きてはいるが、素直に返事をする恭弥と雛田《ひなた》。最初は勉強を嫌がっていたふたりも、この三時間で随分意識が変わったらしい。まあそれも、ひとえに須佐美のおかげだろう。

なにせ、教え方が上手《うま》い。説明がわかりやすいのはもちろんのこと、相手がどこをどうして理解できていないのか、一瞬で把握する。それから、よく叱って、よく褒める。勉強自体の効率と、モチベーション管理が完璧だ。やる気を出させるつもりはない、なんて言っておきながら、ふたりが勉強を続けられたのは確実に、須佐美の気配りのおかげだろう。

　結局俺と橘《たちばな》はほとんど参加せず、ふたりでちょこちょこ話したり、各々の勉強に時間を費やすことになった。須佐美《すさみ》がここまでできる以上、どう考えても俺たち必要ないしな、正直。

　その後、俺たちは夕食としてそれぞれ好きなものを食べた。恭弥に奢《おご》ってもらうという話も、今回はなし。なにしろ、俺はまったく教えてないからな。

　食事中の話題は非常に不本意ながら、俺についてのことだった。

「楠葉《くすば》って、ホント暗いわよね。理華《りか》も影響受けちゃダメよ？」

「うるせえな」

「おいこら」

「受けませんよ。楠葉さんにそこまでの影響力はありませんから」

「いやぁ、でも俺は嬉しいよ。あの廉《れん》が女の子、しかも橘さんと仲よくなれるなんてなぁ……」

　本気で涙目になる恭弥。喜ぶか馬鹿にするかどっちかにしてほしいもんだ。

「冴月の話を聞いてたから、私はてっきり、楠葉くんはもっと歪《ゆが》んだ人なんだと思ってたわ。案外普通なのね」

「普通だぞー廉は。普通に暗い」

「やめい」

「理華を助けてくれたり、今日の勉強会だって参加してくれたり、いいとこあるじゃない？」

「そうですよ。楠葉さんはわりと、いい人です」

「わりと、ね。あんまり調子に乗らないでよね」

「乗らねぇよ。調子はいつも最悪だ」

俺の卑屈な返答に、リア充四人がいっせいに笑った。なんだか、妙な満足感がある。笑われてるような笑わせてるような微妙なラインだけど、悪くない気分だ。

「そういえば、冴月と喧嘩《けんか》したそうね、楠葉くん」

「ち、千歳《ちとせ》！　それはもういいってば……」

喧嘩？　ああ、前に雛田に謝られたときの話か。

「べつに喧嘩じゃないが、似たようなことならあったよ」

「ちょっと！　あんたは黙ってて！」

焦ったように額に汗を浮かべる雛田。あのときのことを、まだそこそこ気にしているらしい。

「許してあげてね。冴月は理華のこと、大好きなのよ。理華に近づく男の子には、本人よりも敏感だから」

「わかってるよ。だから気にしてなかったし、もう許してる」

「そう、安心したわ。ありがとう」

須佐美は心の底から俺に感謝しているような声音だった。こんな言葉を掛けられることは滅多にないので、なんとなくくすぐったい気持ちになってしまう。

「でも、冴月はもともと楠葉くんに当たりが強いわよね」

「犬猿の仲だからなぁ、廉と冴月は」

「どっちかといえば、俺がカエルで雛田がヘビだけどな」

睨まれると怖いし。

「どうして嫌ってるの?」

「……べつに、本気で嫌ってるわけじゃないわよ」

え、そうだったのか。この前は、わざわざ橘に伝言までさせてたのに。

「ただ、見てるとイライラするのよ」

「直球かよ……」

「全部諦めたようなこと言ってるくせに、ホントはなにも諦めきれてないじゃない。もっと必死になればいいのに、それもしない。焦《じ》れったいのよ、あんたは」

雛田はそう言ってから、照れくさそうに手元のパスタを口へ運ぶ。

そんなことを思っていたことも、それを俺に直接言ってきたことも、俺にとっては少し意外だった。

「……そりゃあ私だって、ちゃんと事情を知ってるわけじゃないわよ。だから、実際はそんなに簡単じゃないのかもしれないけど……」

「……」

「それなのに、勝手にあんたにイラついてる自分のこともちょっと嫌で……。でもやっぱり焦れったいし……ああもうっ、とにかくこの話終わり！」

叫ぶようにそう言って、雛田はまた食事に戻った。隣にいた須佐美が、ニコニコしながら頭を撫《な》でる。

ふと視線を感じて顔を向けると、橘が呆《あき》れたような、しかし嬉《うれ》しそうな顔で肩を竦《すく》めていた。

解散間際、フードコートを出たところで、恭弥が俺に声をかけてきた。

「俺は意外と、廉は冴月と気が合うと思うけどなぁ」

「テキトーなこと言うな」

「真面目なんだなぁ、これが。ところで、すっかり橘さんと仲よくなってるじゃん」

「……まあ、それなりには」

「くぅ～！　いいなぁ！」

「お前は雛田と仲よくしてなさい」

「友達は何人いてもいいだろがー！」

恭弥は愉快そうに笑うと、雛田に駆け寄って突然背中から抱きしめた。顔を真っ赤にした雛田にバシバシ叩《たた》かれながらも、ふたりは幸せそうだ。

恥ずかしげもなく、よくもまああんなことをするもんだな。

……友達は何人いても、か。

まあ、それはその通りかもしれない。ちゃんと自分を受け入れてくれる友達なら、もちろん多い方がいい。

けれど、そんなにうまくはいかないんだ。少なくとも俺は、今までずっとそうだったんだから。

「楠葉さん」

「ん？」

橘に呼ばれて、俺はふと伏せていた顔を上げた。

「なにしてるんですか、早く帰りましょう」

まあ、しかし。

「……おう」

橘とはもう、ちゃんと友達になれているのかもしれないな。

◆

◆

◆

結局、勉強会は連日続いた。

どうやら恭弥《きょうや》と雛田のやる気は存外高いようで、毎日のように俺たち三人をかき集めた。

正直須佐美ひとりいれば事足りる気がするが、当の須佐美がなぜか、

「理華と楠葉くんが来ないならやめとくわ」

なんてことを言うせいで、俺と橘も参加を余儀なくされていたのである。

自他共に認める腰の重さの俺を無理やり引っ張り込むあたりは、さすがリア充ども、というところか。

「それじゃあ、ふたりとも家でここ、やっておいてね」

「はい！」

「わかりましたー！」

恭弥と雛田のやたら元気な返事で、今日の勉強は締め括《くく》られた。毎日だいたい三時間、これで四日目。

案外よく続くもんだな。これも須佐美のモチベーション管理のおかげだろうか。

「恭弥、タコ焼きと唐揚げ交換しない？」

「ああ、いいぞ。レモンかけてないやつな」

「理華と楠葉くんは、また同じもの食べてるの？」

「いや、橘が真似《まね》するんだ」

「失礼な。楠葉さんがついてきたんでしょう」

　各々好きなものを注文して、ひとつのテーブルで一緒に食べる。まるでリア充のような食事だが、俺以外の四人にはこれが普通なのだろう。

「明日は生徒会の集まりがあるから、悪いけど私抜きでやってね」

　全員が食べ終わった頃、須佐美がそんなことを言い出した。

「えぇー！　そんな、先生ぇ……」

「千歳ぇ……」

「明日だけよ。それに、楠葉くんと理華がいるでしょう」

　須佐美のその言葉にも、恭弥と雛田は涙目で嘆いていた。いつのまにか、すっかり生徒になっているらしい。

「それにしても、テスト前なのに活動があるんですか？」

「部活がないおかげで、みんな都合が合うしね。テストが終わったら、また全校集会もあるから」

　全校集会。そういえば、そんな予定もあったな。

　どうせ話なんて聞かずに寝ることになるだろうが、その行事の準備にこうやって時間を割いてるやつがいるって考えると、ちょっと申し訳ない気持ちにならなくもない。まあ、だからといって真剣に参加しようとは思わないけれど。

「でも須佐美さんって、集会とかでは喋《しゃべ》ってるの見たことないよな」

「私は書記だもの、裏方よ。喋るのは得意な人たちに任せるわ」

そう言って、須佐美はニコニコと微笑《ほほえ》んでいた。

こいつならマイクを持って壇上で話しているのだって、充分似合いそうだけどな。

しかしもしかして、生徒会というのは須佐美みたいなやつらの集まりなんじゃないだろうな。だとしたら、あんまりお近づきにはなりたくないもんだ。

その後は解散の流れになり、自然と橘と一緒になる。こうしてふたりで帰るのにも、もう随分と慣れてしまっていた。

「頑張っていますね、ふたりとも」

「思ったよりな」

「冴月《さつき》があんなに勉強している姿、初めて見ました」

「恭弥の方はああ見えて、根が真面目だからな。受験のときもそうだったし」

「受験？」

「あぁ、同じ中学なんだよ。どうしても今の高校に入りたいって言って、勉強、教わりに来たんだ」

「教えてあげたんですか？　意外ですね」

「あんまりしつこいからな。毎日直接家に来られて、断り切れなかった」

「頼りにされていたんですよ、きっと」

「そうかなぁ。ただそこそこ勉強ができるやつが、近くにいただけじゃないか？」

「あんなに友達の多い人が、わざわざあなたを選んだんです。そこにはちゃんと、譲れない理由があったんですよ」

「……またそれか」

橘《たちばな》は前の雛田《ひなた》とのいざこざのときと似たようなことを言った。

たしかに、理屈はわかる。けれど、納得はできなかった。

恭弥にならもっと頼り甲斐《がい》のある友達がいただろうに。なんだってあいつは、俺なんかを選ぶんだ。俺が嫌がることだって、ちゃんとわかってるはずなのに。

「楠葉《くすば》さんは、夏目《なつめ》さんを友達だと思っているんですか？」

「……なんだよ、いきなり」

「いえ、少し気になって」

そう言った橘は、思いのほか真剣な表情をしていた。

そんなこと聞いてどうするんだ。そう答えようとも思ったが、この様子ではたぶん、引き下がらないだろう。

「……思ってるよ」

「なぜですか？」

「なぜって……答えにくい質問だな、それ」

言いながら、俺は考える。恭弥を友達だと思っている理由。つまり、友達じゃない連中と違うところ、ということだ。

答えにくい、とは言ったものの、結論は意外なほどあっさりと見つかった。

「……距離感が適切だから、かな」

「……と、言いますと」

「ああ、いや。適切ってのはあくまで、俺にとって都合がいい、ってだけだよ。これ以上踏み込んでほしくないライン、というか、そういうのを、あいつはよくわかってるんだ。どこまでなら俺が怒らないか、嫌にならないか知ってる。その線を、絶対に越えてこない」

「……ふむ」

「それから、これ以上離れたらもう関係が切れる、っていうラインも、ちゃんとわかってるんだと思う。だから俺はあいつを切れないし、正直、あいつだけは切りたくないと思ってる」

そこまで言ってしまってから、なんとなく顔が熱くなるのを俺は感じた。

こんなにぶっちゃけた話をするつもりじゃなかったのに。これは、不覚だった。

そんなことを思いながら見ると、橘は俺の予想に反して、神妙な面持ちで顎に手を当てていた。

「……素敵な関係だと思います。きっと、夏目さんは楠葉さんのことが大好きで、楠葉さんも同じくらい、夏目さんのことが好きなんでしょう」

「……なんとも肯定しづらいな、そりゃ」

それになんだか、誤解を招きそうな言い方だ。ただ、結局はきっと、そういうことなのだろう。でなけりゃ、ここまで関係が続くわけがない。

橘はなぜか、満足げにうんうんと頷《うなず》いていた。いったい、なにがそんなに嬉しいのやら。もしかして、からかってるんじゃなかろうか。

「そういう橘も、ずいぶんと愛されてるよな、あのふたりに」

仕返しのつもりで、そんなことを言ってやった。ただ、そう思っていたのは事実だ。

以前、ひとりで俺に接触してきた須佐美《すさみ》。それから、俺に敵意を向けた雛田。どちらも、橘をひどく思いやっての行動だった。

まっすぐで、不器用で、少し危なっかしい。橘のそんなところを知れば、たしかに放って置けないというのはわからないでもない気がするけれど。

「いいえ、逆ですよ、それは」

「逆？」

「私の方が、あのふたりのことを大好きなんです」

橘はあっさりとした声で、なんだか妙にくすぐったいことを言った。深く頷くようにして、自分の言葉を噛《か》み締めているように見える。

「こんな融通の利かない、協調性もない、自分勝手な私と仲よくしてくれる。自然体の私と友達でいてくれる。そんなふたりが、私は本当に大好きなんです」

「……そういうもんか」

「そういうものです。楠葉さんほどではないにしろ、私だって人付き合いは苦手なんです。こんな感じですから」

「そんな感じ、ね」

とっつきにくくて冷たくて、マイペース。たしかにそれが、橘理華《りか》というやつの第一印象だ。間違いなく、誰とでも仲よくできる、というタイプではないだろう。

悪い言い方をすれば、橘はとびきりの容姿でそれを誤魔化しているのだ。まあもちろん、わかりにくいだけで、本当は思いやりがあって少し天然で、素直なやつなんだけれど。

そうでなければ、ここまであのふたりに大切に想《おも》われたりはしない。それに俺とだって、友達になんてなれないはずだ。

「だから、あのふたりには心から感謝しています。そしてきっと、あなたにとっては夏目さんが、そういう存在なのだと思います。形は違えど」

「……そうかな」

首を傾《かし》げる俺に、橘は呆《あき》れたようなかすかな笑みを向けた。

「まあいいです。いずれ、わかるときが来るでしょうから」

「だといいけどな」

やれやれ、と首を左右に振る橘。

さっきので、俺が今日かける恥はもう使い果たしてるんだ。悪いけど、これ以上は諦めてくれ。

「ですが、よかったです。勉強会、楠葉さんが楽しそうにしていて」

「ど、どういうことだよ」

「人付き合いが嫌だと言うから、もっとつまらなそうにするかと思っていました。安心しました」

「よ、余計なこと観察しなくていいって……」

「だって、自分の友達同士が仲よくしていると、嬉《うれ》しいでしょう?」

「……いや、べつに」

「もうっ」

拗《す》ねたように膨れる橘は、相変わらず抜群に可愛《かわい》かった。しかも普段の様子とのギャップが、魅力を倍増させている。

俺は思わず顔をそらして、前を向いたまま強がりみたいに言った。

「……でも、やっぱり大人数は苦手だよ」

「五人なんて、大人数のうちに入りませんよ」

「いや、俺にとっては入るんだって」

下手な照れ隠しだと、自分でも思う。俺は楽しかったんだ。あの五人で集まってわーわーやるのが、新鮮で、でも案外気楽で、楽しくて楽しくて、だから混乱してしまっていたんだ。

これは、進歩なのだろうか。それとも、一時の気の迷いなのだろうか。

答えはわからない。でも、それも当然だった。

だって俺には、こんな経験今までなかったんだから。

「それじゃあ、何人ならいいんですか？」

「ひとり」

「そうじゃなくて」

「じゃあふたり。それが限界だ」

五人でも、四人でも三人でも、俺にとってはもうそれは、充分大人数だよ。

「……それなら、ふたりで勉強しましょうか」

「……え？」

そのとき、道の端を歩く俺たちの横を、車が通り過ぎた。耳障りなエンジン音と風に顔をしかめる。

俺と橘の間に、ためらいの沈黙が落ちた。

結局、俺たちはなにも言わなかった。なにかを聞き返すことも、言い直すこともない。

ただふたりで黙ったまま歩き続けて、家の前で友達らしい別れを告げた。

「また明日」

「はい。また、明日」

◆◆◆

毎日同じメンバーで集まって勉強会をする日々は嵐のように過ぎ去っていき、中間テストはあっさりと全日程を終了した。

テスト自体は、いつもと変わらない手応えだった。強いて言うなら、自然と勉強する時間が増えた分、暗記科目はほぼ完璧だったと思う。

教師役だった須佐美は特に感想もないようで、自分よりも教え子ふたりの出来を気にかけていた。

そして、肝心なそのふたりはといえば。

「いやぁー！　気分いいなー！」

「ホント、最高ね！」

「……うるせぇな」

全ての答案の返却が終わった、その日の昼休み。

俺たちはテスト結果が貼り出される掲示板の前に、また五人で集まっていた。

公開されるのは各科目の平均点、赤点ライン、それから得点分布と、合計点の成績優秀者上位二十名だ。

しかし、こんなにしっかりデータが出してあるとは。ちゃんと見たのは初めてなので、少し驚いた。まあ、さすがはそれなりの進学校、ということなのだろうか。

「全教科平均点越え！　いやぁ、俺ってもしかして天才か？」

「私の方が天才よ！　恭弥《きようや》より合計点よかったし、このまま学年一位も夢じゃない!?」

アホふたりは上機嫌だった。須佐美はそんなふたりに笑顔を送り、橘は感心したように拍手している。

正直、頑張ったとは思う。まあ本人たちの努力より、須佐美の貢献度が高い気はするけれど。

なんだかんだふたりもそれをわかっているようで、何度も須佐美にお礼を言っていた。

「いや、マジで須佐美さんのおかげだよ！　ありがとう先生!!」

「ホントにありがと、千歳《ちとせ》！」

「どういたしまして。でも、勉強はサボるとまたわからなくなるから、ちゃんと続けてね」

「……ハァイ」

「ハァイ」

あきらかに気持ちの入っていない返事だ。須佐美も見抜いているらしく、呆れたように肩を竦《すく》めていた。

「うわ、千歳また二位だ。すごっ」

「さすが先生……。でも、須佐美さんより成績いい人がいるんだなぁ」

見ると、成績優秀者の項目に、たしかに須佐美の名前があった。当の本人は少し苦笑いを浮かべて、居心地悪そうにしている。気持ちはわからないでもない。

「いつも同じ人ですよね、一位なのは。たしかあの方は、生徒会の副会長をしている人でしたか」

「やっぱり頭いいんだなぁ、生徒会って……」

「……それに楠葉《くすば》が六位で、理華が八位」

「なんか……喜んでた俺たちが情けなくなってきたな……」

恭弥と雛田《ひなた》は一転して、ガックリと肩を落としていた。ちゃんと点数は上がったんだから、悲観することもないと思うが。

「周りと比べても意味ないわよ。ふたりが頑張って、しっかり成果を出した。それは私がちゃんとわかってるもの」

「せ、先生ぇ……！」

「えーん！　千歳大好きぃ！」

やれやれ、相変わらず感情の起伏が激しいやつらだ。

「えぇー！　私追試じゃん！　最悪！」

「あはは！　美緒《みお》、アウトー！」

突然聞こえてきた大声に、俺は思わずビクッとしてしまった。

やっぱり、こういう大勢が集まるところは体質に合わない。リア充たちの活気に当てられて、調子が狂いそうだ。

俺はまだ騒いでいる恭弥たちを置いて、一足先に教室に戻ることにした。人混みをかき分けて、なんとか掲示板から離れる。まるで、深い沼の中から抜け出したような気分だった。

「あれ、楠葉さん」

「……いたのか」

声のした方を見ると、橘《たちばな》が制服の乱れを直しているところだった。どうやらこいつも、早々に離脱してきたらしい。

「息が詰まるので、早めに戻ろうかと」

「だな」

頷《うなず》き合ってから、俺たちは教室まで並んで歩いた。ほんの少しの間なので、わざわざ距離を取るのもそれはそれで不自然だろう。

「じゃあな」

「はい。また」

まるで普通の友達のように、いつも通りのことのように。

こんなやりとりができることが、俺にとっては大きな進歩に違いなかった。

◆　◆　◆

中間テストが終わると、すぐにひとつのイベントがやってきた。

通称『文化体験』。

博物館、美術館など、さまざまな文化に触れるのを目的とした課外授業であり、学年全員がバスで遠出するというものだ。丸一日かけて、各々が好きな施設を好きな数、好きな順番で回ることができる。

この説明でわかる通り、要するにリア充御用達《ごようたし》のなんちゃって校外学習である。教師陣も勉強というよりは懇親会のような扱いをしているようで、選択可能な施設には動物園や水族館、植物園など、どちらかといえば遊びがメインになりそうなものも含まれていた。

バスを降りて、俺たちは誰からともなく、いつもの五人で集まった。正確には、ひとりでさっさと集団から抜け出そうとしていた俺を、恭弥が引き止めてこうなったのだが。

「今日は遊ぶぜー！」

「遊びましょー！」

合流するや否や、恭弥と雛田は周囲の目も気にすることなく叫んだ。ぼやく俺を尻目に、今日の行き先と巡回ルートを楽しげに話し合っている。

「たしか、後でレポート出さなきゃいけないのよね？」

「そうですね。最低でも一箇所は回らないと」

「それさえなきゃ、最高の日帰り旅行なのになぁ」

そんなことを話してる間にも、周りの生徒たちはどんどん散り散りになっていった。少人数、大人数のグループ、それからカップル。みんな当然のように、誰かと一緒に行動している。

「じゃあ悪いけど、俺と冴月《さつき》はふたりで回るから」

「ごめんね？　理華《りか》、千歳」

「構いませんよ。どうぞ、ごゆっくり」

「ええ、いってらっしゃい。後でね」

「じゃあなー廉《れん》！　橘さんたちをよろしくー！」

やたら爽やかなウィンクを飛ばしながら、恭弥は雛田を連れて去っていった。

勝手なことを言いやがって。俺はこういうイベントは、ひとりで回るって決めてるんだよ。

「今日は私も別の子たちと行くわ。それじゃあ、理華をお願いね、楠葉くん」

「ち、ちょっと千歳！」

橘はなぜか、今度は不満そうな反応だった。が、そんな橘を置き去りにして、須佐美《すさみ》もさっさと他の集団に混ざっていってしまう。さすがはリア充、こういうときでも居場所は多いらしい。

ふたりぽつんと、その場に取り残される俺と橘。周りにはもう、あまり人は残っていなかった。

俺たちは少しだけ顔を見合わせてから、同時に頷いた。

「じゃあな」

「ええ、それでは」

わざとらしく背を向けて、俺たちは歩き出す。

自分が行きたいところに行く。それが俺たちのスタイルだ。友達といえど、自分のやりたいことを控えてまで一緒に行動しようとは思わない。

俺は振り返ることもなく、さっさと自分の目的地を目指すことにした。

◆◆◆

「きゃー！　ジンベエザメすご――い！」

「イルカショーやるってさ！　行こうぜ！」

「見て見て！　熱帯魚可愛《かわい》い！」

俺の目的地は、なにを隠そう水族館だ。数ある選択肢の中で、唯一行きたいと思ったのがここだった。

同じ高校の生徒たちが賑《にぎ》やかに大水槽を眺めるなか、俺は壁際に設置された小さな水槽を順番に見ていく。

俺は水族館が好きだ。正確には、水槽が好きだ。

水の中を泳ぐ優雅な魚たちよりも、俺は水槽内に置かれた擬岩や海草、砂を眺めるのが昔から好きだった。

レイアウトはもちろん、リアルに再現された岩の質感や色、そこに生える藻。そういうものから感じる、本当の海底の雰囲気がたまらない。

これ見よがしに泳ぐ派手な魚よりも、俺は岩陰や狭い隙間に潜んでる魚、風景の一部と化している魚を見ている方が楽しかった。

もちろん、少数派だと思う。わかってもらおうとも思わない。けれど、だからこそ俺は、ここへはひとりで来たかったのだ。

「……うおぉ」

一際奥まったところにあったひとつの水槽に、俺は目を奪われた。その水槽は特に内装が作り込まれ、海の底の一部を本当に切り取ってきたかのようだった。

だが、中にいる魚はどれも地味な見た目で、名前も知らないような連中ばかりだ。そのせいか、ほとんどの客はここでは足を止めず、チラッと見るだけで通り過ぎていった。

しばらくここにいよう。

俺はそう決めて少し屈《かが》み込み、水槽のガラスに顔を近づけた。ため息が出るような世界観だった。

水槽の中は、狭い。もちろん、驚くほど大きな水槽だってある。それでも海に比べれば、やっぱり水槽は取るに足らないくらいちっぽけだ。

この魚たちはこの先ずっと、この狭い世界で生きていく。けれど、不便なことはない。幸せに生きて、幸せに死んでいく。

俺も、そんな人生がいい。広い海は怖いから。大きな世界を知ることは、小さな俺にとって、決していいことばかりじゃないだろうから。

それが矮小《わいしょう》な俺に与えられた、幸せに生きる道のはずだ。最近少しだけ、図らずも世界が広がってしまっているような気が、しなくもないけれど。

「あれ、楠葉さん」

「……またこのパターンか」

いつのまにか、隣に橘が立っていた。特に驚くこともなく、俺たちはそのまま並んで水槽を眺めた。

「お前も水族館かよ」

「私はここだけが目的です。水槽が見たくて」

「……魚じゃなくて？」

「ええ。私は、水槽が好きなんです。なんだか、海を詰め込んだみたいで、惹《ひ》かれます」

「……そうか」

「はい。特にこの水槽は圧巻ですね」

「……だよなぁ」

「え？」

俺はそれ以上なにも言わなかった。それでも、橘には今の状況が伝わったらしい。

「……回るなら好きにしろよ。俺はまだここにいるから」

「私もいます。ここ、気に入ったので」

ふぅっと小さく息を吐いて、橘は屈んでいた俺の横にゆっくりしゃがみ込んだ。

薄暗い館内で見る橘は、心なしか普段よりも綺麗《きれい》だった。水槽から漂う青い光が、橘の顔をぼんやりと照らす。

「楠葉《くすば》さん」

「なんだよ」

「ひとつ、聞いてもいいですか」

途端、不思議と周りの喧騒《けんそう》が、全て聞こえなくなる。

なんだか、本当に海の底にいるみたいだった。

「……やだよ」

「なっ、なぜですか！　まだなにも言っていません！」

「あー、わかったわかった。なんだよ」

「もう……」

からかい甲斐《がい》のあるやつめ。

「……楠葉さんは、どうして友達ができないんでしょうか？」

橘は今さら、またそんなことを聞いてきた。

「前も言ったろ。性格が悪いからだよ」

「はい。たしかにそう言っていました。自分は人付き合いに向かない性格だ、と」

「……覚えてるなら」

「では、そのときに私が言った言葉は、覚えていますか？」

橘《たちばな》はそこまで言ってから、ゆっくりこちらを見た。

あれは、銭湯の帰りが一緒になったときのことだったはずだ。

記憶を辿《たど》る。そして、すぐに正解に行き当たった。そうだ、あのとき橘は。

「私は、そうは思わない、と言いました」

「……だな。それで？」

「やっぱり、今も気持ちは変わりません。楠葉さんは、優しい人です。私にはよくわかる。なのに、どうしてこうなってしまったのか……。私は、それが知りたい」

橘は思いのほか、真剣な顔をしていた。

なんでそんなこと、お前に言わなきゃいけないんだよ。

相手が橘じゃなければ、きっと俺はそう返していただろう。

けれど、どうやら俺は橘のことを、信頼してしまっているらしい。ここまで追及されても、俺には不愉快な気持ちがほとんど湧いてこなかった。

「……そんなこと、聞いてどうするんだ」

「……前に言いましたよね。私は、冴月と千歳《ちとせ》が大好きだと」

「言ってたな」

「私は、あのふたりと友達になれて、本当によかったと思っています。それから、楠葉さんとも」

「……そうか」

「はい。そして楠葉さんにも、そういう友達ができるはずです。あなたは、いい人ですから」

橘はそこまで言って、また水槽の方を見た。その横顔から、緊張しているのがわかる。初めて見るような、思い詰めた表情だった。

「……いえ、違いますね。できるはず、なんていうのは上から目線で、そんな言い方がしたいわけじゃなくて……私が言いたいのは、つまり」

「……いいよ、そんなに言葉を選ばなくて」

今さら、言い方ひとつで傷ついたりなんかしない。それよりも、俺は橘の思っていることが知りたかった。友達が俺に対して言いたいことを、ありのまま聞きたかった。

「……楠葉さんには、いい友達に恵まれてほしいんです。きっとあなたは、もっと愛されるべき人だから」

「……なんだ、そりゃ」

鼻の奥が、きゅっと熱くなるのがわかった。目が痛くなって、まつ毛が少しだけ濡《ぬ》れるのを感じた。

橘はそんなことには気づかずに、水槽の中の海の、ただ一点をじっと睨《にら》んでいた。

「……中学のときも、こうしてたんだよ」

「えっ……」

理由はわからない。けれど俺は橘に、自分の話をしてみたくなっていた。いや、その話を橘に、聞いてほしいと思ってしまっていた。

「中学の修学旅行でも、俺はひとりで、こうやって水槽を見てたんだ」

「……はい」

「そしたら、そのとき友達だったやつ……まあ、比較的よく喋《しゃべ》る仲だったやつに、言われたんだ。キモっ、て」

「……」

橘はこちらを見ない。ただ少し俯《うつむ》き加減で、俺の話を聞いていた。

「バカな俺は、そいつに水槽のよさについて熱弁した。そしたらそいつは言ったよ、意味不明、ってさ」

嫌悪感と侮蔑の入り混じった、あの顔。まるで裏切り者を見つけたかのような、あの邪悪に歪《ゆが》んだ口元。

俺にとって友達ってのは、そういうやつらのことだった。

「お前がわからないだけで、なんでキモいことになるんだ。俺にだって、理解できないことはある。でもキモいなんて思わない。そんな考えのやつもいるんだなって、そう思うだけだ」

「……そうですね」

「そんなことは、一度や二度じゃなかった。俺がちゃんと友達を作るには、やりたいことをやってちゃ、言いたいことを言ってちゃダメなんだと思った。ならいらないよ、友達なんて。俺は俺が一番大事だ。俺よりも他人の目を大事にしないといけないなら、友達なんていらない」

「……」

「……だから俺は友達を作らないし、友達ができないんだよ。単純だろ。自業自得で、だけどしっかり自分の望んだ通りの、当然の結果なんだよ」

橘が水槽に触れた。水滴が拭われて、結びついた雫《しずく》が流れ落ちた。

息を吸うかすかな音がする。それから濡れたような声で、橘が言った。

「……けれど私は、そんな楠葉さんと、友達でいたいんです」

視界が揺れる。水槽の中が見えなくなって、歯が震える。身体《からだ》の奥から、なにか熱いものが湧き出してくるようだった。

「あなたは、どうですか？」

俺は泣いていた。水族館の隅で声を押し殺して、馬鹿みたいにうずくまって泣いていた。

「く、楠葉さん？　ど、どうしたんですか？　え？」

「……いや、なんでもない。なんでもないから」

「なんでもないなんてこと……」

橘は立ち上がり、俺のすぐ近くに来たようだった。ぽん、と俺の頭に柔らかいものが載せられて、ゆっくりと撫《な》でてくる。

その手が動くたび、涙はどんどん溢《あふ》れてきた。服の袖でそれを拭いても、いつまでも止まらない。

そんなことは、言われたことがなかった。俺に友達ができてほしいなんて、俺と友達でいたいなんて、そんなのは。

「……そんなの、信じないぞ、俺は」

「……信じてもらえなくても、本当です」

「俺は……ひとりでいいんだ。どうせ離れてくなら、最初から、そんなのはいらないんだ」

「いつか離れていくかもしれなくても、私は今、あなたの友達です。ありのままのあなたを好きな、普通の友達です」

俺は泣いた。女の子を困らせて、恥も外聞もなく、肩を震わせてひたすらに泣いた。

◆◆◆

駅前のロータリーでバスを降ろされて、俺たちはいっせいに解散になった。

辺りは既にすっかり暗く、寄り道をする生徒も多くはないらしい。駅に向かうやつ、歩いて帰るやつ、それぞれが各々の帰路に就く。

恭弥《きようや》たちと別れて、俺も歩き出した。隣には、家が近い友達がひとり。もちろん、橘理《り》華《か》だ。

「……」

「……」

水族館を出てからの俺たちは、まだ一言も会話をしていなかった。なにを、どんな顔で話せばいいのか。それがわからず、俺は今もずっと、口を噤《つぐ》んでいることしかできない。

俺は、予防線を張っていた。いつか拒絶されるなら、最初から近づかない方がいい。自分の自由を失うなら、友達なんて作らない方がいい。

そうやって、それでも友達でいてくれる相手を、探さない理由にしていた。

それでいいと思っていたし、恭弥以外にそんなやつはいないと思っていた。もしいるとしても、わざわざ探したいとも思わなかった。

そこに、橘理華が現れた。

橘は言った。俺と友達でいたいと。友達を作ってほしいと。

あのとき、俺は泣いた。百パーセント、嬉《うれ》しくて泣いた。なんて単純なやつだろう。

結局俺は、そういう相手を求めていたんだ。そういう言葉を、かけてほしかったんだ。

このスタンスは変わらなくても、その上で俺を受け入れてくれる相手が現れたら、嬉しくてたまらないんだ。

なにを言うよりも先に、俺は礼がしたかった。泣いた俺のそばにいてくれたことにも、かけてくれた言葉にも、今横にいてくれることにも。

「……あのさ」「あの……」

声が重なる。橘はチラリとこちらを見ると、どこか安心したような顔で首を振り、俺に続きを促した。

「……悪かったよ、今日は」

「なにが悪かったんですか？」

「……まあ、なんだ。困らせたろ？　勝手に、その……泣いたりして」

「困りはしましたが、悪いと言われる覚えはありませんよ。泣いたあなたと一緒にいたのは、私の意志ですから」

「そ、そうは言ってもだなぁ……」

言葉に詰まる俺を、橘はクスッと笑いながら見ていた。

「……ありがとな、いろいろと」

「いろいろ、と言うと？」

「い、いろいろだよ。いいだろ、べつにそこは……」

「えー」

「えー、じゃない」

普段とは違う橘の子供っぽい反応に、俺も思わず笑ってしまう。

ふたりでクスクス言いながら、俺たちは夜の道を並んで歩いた。知らないやつが見たら、さぞ不気味な光景に違いない。

「……決めたよ、俺」

「なにを決めたんです？」

「もう、噂《うわさ》や悪目立ちは気にしない。本当にやりたいようにやって、それでももし寄ってくるやつがいたら、そのときは拒絶しないで、付き合ってみる」

「……そうですか」

「たぶん、離れていくやつの方が多いだろうけど、でも、構わない。俺には恭弥と橘がいるし、ふたりが離れていったって、それが俺だ。だからもう、いいんだ」

「ふふっ。なんだか、前向きなのか後ろ向きなのか、わかりませんね」

橘《たちばな》は嬉しそうだった。その反応で、俺もなんだか嬉しくなってしまう。

「でも、素敵だと思います。楠葉《くすば》さんらしいというか、のびのびしていて」

「まあ、俺の気の持ちようが変わるだけで、大したことじゃないけどな」

「気の持ちようが一番大事だと思いますけどね、何事も」

「お前、お婆《ばあ》さんみたいなこと言うなあ」

「なっ、ひどいですよ！」

「いや、いい意味でな？　いい意味で老婆」

「いい意味と言えばなんでも許されると思っているでしょう」

「いい意味だからな」

「……楠葉さんは悪い意味でずるいです」

拗《す》ねたように歩幅が小さくなる橘。軽く振り返るようにしながら、俺も歩くスピードを落とす。

「……お腹《なか》すきました」

「俺も」

「おいしいものが食べたいです」

「おいしいものといえば……」

「……焼肉？」

「いや、橘の料理だな」

「ええっ。どうしてこんな日に……」

「雷のときの貸しは？」

「うっ……悪い意味でずるい」

「頼むよ、今日食いたいんだ」

「……わかりましたよ、もう」

もう一度横並びになって、俺たちはゆっくり歩いた。不満そうだった橘も、すぐに柔らかい表情に戻ってくれる。

「買い出しは手伝ってくださいね」

「もちろん」

「メニューのリクエストは？」

「え。リクエストあり？」

「作れるものなら」

「マジか。ちょっと真剣に考えるわ」

「あんまり期待はしないでくださいよ」

「いや、するだろ期待。あんなにうまかったし」

「プレッシャーです」

「重圧は人を強くするんだぞ」

「重圧とは無縁そうなあなたに言われても」

「おいこら」

心が軽い。気が楽だ。こんな気持ちになれたのは、間違いなく橘のおかげだった。

「橘」

「なんですか？」

「……ありがとな、ホントに」

「またですか。お礼は、もう聞きましたよ」

「いいだろ、何回言ったって。それくらい感謝してるんだ」

「……そうですか」

「ああ。だから、ありがとう」

「……いえ、友達ですから」

「さすが友達」

「すぐ調子に乗る」

橘がジト目でこちらを見る。その視線から逃れるように、ニヤけた顔を見られないように、俺は歩く速度を上げた。

第8話 美少女が気づく

「おい、廉《れん》よ」

「なんだよ」

昼休み、俺は恭弥に誘われて、中庭のベンチでメシを食っていた。

中庭といえばリア充の巣窟。俺も今日、初めてまともに足を踏み入れた。

芝生が広がり、屋根つきのテーブルなんかも設置されている。たしかに居心地というか、利便性は悪くない気がする。相変わらずそこかしこにリア充がはびこっていること以外は、案外いいところなのかもしれない。

「お前、なんかあった？」

「……どういう意味だよ」

「いや……なんか顔色がいいというか、いつもの負のオーラが薄いというか」

「気のせいだろ」

「嘘《うそ》つくなよ。俺が気づかないとでも思ってるのか？」

「って言っても、なにもないしなぁ、実際」

普通に嘘だった。水族館での一件以来、俺の中でなにかが、少しずつ変わり始めている。

でもそれをあっさり見破られるのは、いくら相手が鋭い恭弥でも癪《しゃく》だった。

「橘さんだな？」

「……誰だそれ」

「誤魔化し方下手すぎだろ」

不覚にもアホなことを口走ってしまった。ただ、それも仕方ない。一発で言い当ててくるところはさすがリア充。むかつくほど的確だ。

「やっぱりなんかあったか」

「……べつに、ちょっと考え方が変わっただけだよ」

「いやそれ、廉にとっちゃ大事件だろ！」

恭弥は思いのほか驚いた様子で、片手にパンを持ったまま身体をのけぞらせた。どうやら大袈裟《おおげさ》ということもないらしく、興奮したように目を輝かせている。わりと暑苦しい。

「中庭誘っても嫌がらないから、おかしいと思った！　てっきり寝ぼけてるのかと！」

「うるせぇな……」

「どういうことなんだよ！　やっぱりきっかけは橘さんか？　ん？　いい感じなのか？付き合う？」

「そういうんじゃないって」

「じゃあなんなんだよ！　親友の俺を差し置いて、橘さんとなにがあったんだよ！」

恭弥《きょうや》はしつこいくらいににじり寄ってきて、仕舞いには俺の腕にしがみついてきた。有名人の恭弥と見知らぬモブの変なやりとりが珍しいのだろう。周りの連中の視線が俺たちに容赦なく注がれる。

周囲の目はいいとしても、いよいよ本格的に恭弥がうっとうしい。とりあえず、ややこしいところはボカして、ある程度話しておくか……。

「た、橘さん……いい子だ……」

俺が一見詳しそうに聞こえる雑な説明をすると、恭弥は感激したように胸を押さえていた。やっぱりこいつはアホらしい。まあ、そこがいいところなのかもしれないけれど。

「そして廉……お前も成長して……俺は……うっ」

「泣くなよ、バカ」

「泣くだろ！　俺はもう、嬉しくて……」

恭弥はまるで、ダメな子供の更生を喜ぶ親のような顔をしていた。褒めるのか貶《けな》すのか、どっちかにしてほしいもんだ。たぶんこいつのことだから、貶しているつもりなんて本当にないんだろうけれど。

「で、橘さんとはどうなんだ!?　付き合う!?」

「付き合わん」

「なんでだよ！」

ひどくガッカリしたような怒号を上げる恭弥。耳を塞ぎながら睨《にら》むと、恭弥は大きなため息をついて首を振った。

「橘さんは絶対！　廉のこと好きだって！」

「ないな。あんな美少女が」

「あんな美少女と、そんなに仲いいんだからチャンスだろ！」

「そういう関係じゃないんだって。俺とあいつはただ、友達なだけで……」

「廉はバカだなぁ」

俺が言い終わる前に、恭弥はそんなことを言ってのけた。ニヤリと口角を上げて、わざとらしく八重歯を見せる。それから靴を脱いで、ベンチの上にしゃがむようにして膝を抱えた。

「……なんだよ」

「お前、女の子の友達いたことないだろ?」

「……まあ」

止《や》むを得《え》ずそう答えた。べつに悔しくはないにしても、恭弥の顔がむかつく。

ってか、だったらなんだって言うんだよ。リア充の考えてることはさっぱりわからん……。

「男女問わず友達いまくりな俺に言わせるとな、廉」

「……」

「橘さんとお前は、友達じゃないよ」

「……なんでだよ」

「男女の友達って、普通はそんなに仲よくないからな、単純に」

「……そんなの人それぞれだろ。ってか、仲よくないぞ、べつに」

俺の反論にも、恭弥はまったく怯《ひる》む様子も見せず、むしろ勝ち誇ったような笑みを浮かべていた。人を食ったような、それでいて人懐っこいこの笑顔。これが恭弥の武器であって、俺にはないものだった。

「もちろん人それぞれだよ。でも、廉も橘さんも、異性の友達と仲よくするタイプじゃない」

「……勝手に決めるな」

「決めてるんじゃないよ。橘さんはともかく、少なくとも廉のことはわかる。なにせ俺は、お前の親友だからな」

「……うるせぇっ」

「うわぁっ!!」

しゃがんでいた恭弥を、ぽんっと強く押す。バランスを崩した恭弥は暴れるようにベンチの背もたれに摑まり、ギリギリ倒れるのをまぬがれた。さすが、運動神経だけはいいな。

「なにすんだよ！」

「警告」

「恐《こわ》いな！」

恭弥は叫びながらベンチに座り直し、靴を履いた。少しは懲りたらしい。

考え方が変わったとはいえ、そんなハイレベルな詮索に耐える余裕は、まだ俺にはないんだよ。

「まあでも……よかったよ。本当に」

「……しみじみ言うなって」

「ダブルデートも夢じゃないいな！」

「一生寝てろ」

まだ諦めてなかったのかこいつは。

◆◆◆

俺は、『ぼっち』という言葉が嫌いだった。

『ぼっち』とはつまり、友達がいなくていつもひとりでいるやつのことだ。『ひとりぼっち』の略。なんともわかりやすい。

なぜ嫌わなくなったのか。理由は極めてシンプルだ。

どうでもいい。これに尽きる。たとえ『ぼっち』が悪口であっても、そう思うやつは思っていればいい。

ぼっち気味の俺にも、それなりに受け入れてくれる友達がいる。そう思うと、他人がぼっちのことをどう見ていようが、俺には関係ない。

こう考えられるようになったのは、間違いなく橘《たちばな》のおかげだった。

だから俺が今、体育館裏を通って帰ろうとしているのは、本当に近道だからなんだ。今度は正真正銘のマジなんだってば。

……ん？

「ごめんね、急に呼び出して」

「いえ。それで、私に用とはなんでしょうか」

おいおい、マジかよ……。

反射的に物陰に身を隠す。いつかとまったく同じ状況。おまけに隠れている場所も同じだった。

今回は声でわかる。返事をしたのは橘だ。相変わらず、愛想のない口調。

しかしあいつ、やっぱりモテるんだな。もしかして俺が知らないだけで、もっといろんなやつに告白されてるんじゃなかろうか。

「ずっと、橘さんが好きだった。俺と付き合ってほしい」

前回のあいつとは違い、相手の男子生徒は落ち着いているらしかった。その余裕と自信に、俺のセンサーが敏感に反応する。おそらく、こいつはかなりのリア充だろう。恭弥と似たような雰囲気を感じる、気がする。

俺はなぜか前回とは違って、チラッと物陰から外の様子を覗《のぞ》いてしまった。よくないこと、だとは思う。けど、仕方ない。偶然居合わせただけだし、不可抗力だ、不可抗力。

「申し訳ありませんが、お断りします。それでは」

「……そっか」

前回と寸分違《たが》わぬ一刀両断。さすがは剣豪、橘理華《りか》。

だが俺は、妙に自分がホッとしていることに気がついた。なんだ、この変な気分は。

ああそうか。前みたいに相手の男子が逆上しなくて、安心したんだ。そう考えるのが一番、自然だろう、うん。

「……もしよければ、理由だけ教えてくれないかな？」

「私はあなたを好きではないから、です」

「チャンスも貰《もら》えない？　友達から始めてくれるだけでも、俺はすごく嬉《うれ》しい」

粘るリア充。しかし、物腰は柔らかく、終始穏やかだ。やっぱり、前回のあいつとはものが違うらしい。

それにしても……くそっ。早く切り上げろよ。断られてるんだから、潔く諦めればいいんだよ。

……いや、なに言ってるんだ俺は。それを決めるのは橘だ。俺には無関係。なのにいったい、なにをイライラしてるんだか……。

「すみませんが、お断りします」

「……そっか。わかった。考えてくれてありがとう、本当に」

意外にも丁寧に頭を下げた橘に、相手も深い礼を返した。ほとんど同時に頭を上げたあと、相手はくるっと向きを変えて、しっかりした足取りで去っていった。

去り際に、そいつの顔がちらっと見える。けど……めちゃくちゃイケメンじゃねぇか……。

橘のやつ、本当によかったのか……？

「……楠葉《くすば》さん」

「なっ！」

急に名前を呼ばれて、俺は思わず短い叫び声を上げてしまった。さすがにしらばっくれるわけにもいかず、おずおずと物陰から出る。

「……なにをしてるんですか。たちが悪いですよ」

「気づいてたのかよ……」

「もっと上手《うま》く覗いた方がいいですね」

「わ……悪かったよ、ホントに」

「べつに構いません。一度、見られていますし」

「……そうかもしれないけど」

「今から帰りですか？　もしそうなら、ご一緒に」

「お、おう……」

気まずさを隠せない俺とは正反対に、橘の態度はあっさりしたものだった。こういうことに、そもそも慣れているのかもしれない。

ふたりで校門を出て、並んで帰路に就く。俺はなんとなく、橘よりも少し遅れて歩いた。

「そういえば校外学習のレポート、ちゃんと提出しましたか？」

「え？　あ、あぁ……まだだけど」

「面倒なことは早めに終わらせておいた方が、あとあと楽ですよ」

「……おう」

「……」

「……」

「……なにか、様子が変ですね。どうかしたんですか」

「あ、いや……」

橘にそう聞かれて、俺はわかりやすく困ってしまった。特に、なにかあるわけではない。

ただ、なんだか気持ちが落ち着かないのだ。

自分でもわからないことは、相手にも説明できない。俺はとりあえず、誤魔化すことにしておいた。

「……なんでもないよ」

「……それならまあ、いいですが」

「……ところで、あいつ知り合いか？」

「あいつ？」

「ほら、さっきの……」

「ああ。少しくらいは話したことがありますが、まったく親しくはありません」

「そ、そうか……」

「それが、なにか」

「いや……なんだ、よかったのか？　前のあいつとは違って、いいやつそうだったろ。イケメンだし」

「あなた、覗いていたんでしょう？　だったら私が断った理由も、聞いていたはずです」

「聞いてたけどさ……」

「……むぅ。いいです。もうこの話はしたくありません」

「な、なんでだよ？」

「だって……なんだか、嫌な気持ちになるんです」

「嫌な気持ち？　なんだそれ」

「知りません。もういいです」

橘はそう言ったきり、頬を膨らませて黙ってしまった。

俺はなんだか追及する気も失《う》せてしまって、まだ一文字も書いていないレポートのネタを、ぼぉっと考えることにした。

「……楠葉さん」

「……ん？」

「……いえ、やっぱりなんでもありません。忘れてください」

「……はいよ」

忘れられるわけはない。けれど俺にはなぜだか、忘れてしまった方がいいような気がしていた。

◆　◆　◆

翌日になっても、頭の中にある正体不明のモヤモヤは晴れなかった。とはいっても、べつになにか生活に支障をきたしているわけでもない。俺は特に気にすることもなく、この日も適当に授業をこなした。

放課後、担任教師にドヤされた俺は、校外学習のレポートをだらだらと書き終えて、職員室へ提出した。

水族館の水槽しか見ていないうえに、あの日はあんなことがあった。とてもじゃないがまともなレポートは書けない。

だが、出まかせを書くのは俺の得意とするところだ。たぶん、怒られない程度の内容にはなっただろう。

普段あまり通ることのない廊下を通って、昇降口を目指す。部活時間中ということもあってか人気《ひとけ》はなく、静かだった。

「ホント、調子に乗らないでくんない?」

だから、その声は俺の耳にもよく聞こえてきた。

「一ノ瀬《いちのせ》くんに告られたからって、いい気になってんじゃないわよ!」

「そうよ！　一ノ瀬くんのこと好きだった真由《まゆ》に謝りなさいよ!」

耳障りな声だった。相手を傷つけることを第一に考えたような、幼稚で悪意に満ちた声。

それらの声にも、一ノ瀬くん、とやらの名前にも聞き覚えがない俺は、なるべく関わり合いにならないように足を速めた。ここからでは姿は見えないが、おそらくすぐそこの階段の、下の踊り場からだろう。

通り道だったのに……。しょうがない、多少遠回りだが、違う階段から降りよう。

それにしても、どいつもこいつも色恋沙汰に夢中らしい。つい最近まともに友達が増えてきた俺には、恋愛なんてまったく関係ないけどな。

さっさと通り過ぎよう。そう思ったとき。

「言いたいことはそれだけですか？」

今、一番聞こえてきてほしくなかった声がした。

「私はあなたたちが、用がある、と言うから来たんです。なら、早くその用を言ってはどうですか。自分の気持ちと私への恨みを、叫ぶばかりではなくて」

「なっ!!　なによあんた!!」

「ひどっ!!　真由はこんなに傷ついてるのに!!」

いや、声だけじゃない。この口調、セリフ……間違いない、橘だ。

状況から察するに、昨日のリア充イケメンが一ノ瀬で、その取り巻きの逆恨みで呼び出された、ってとこだろう。イケメン本人はまともそうなやつだったけれど、周りが厄介だったか……。

状況は決してよくはない。というか、かなりマズい。

声を聞く限り、相手は少なくともふたり以上。だが当然、橘はひとりだろう。だからといって、橘《たちばな》はこういう理不尽を押し付けられて大人しくしているやつじゃない。

これは……キレるな、相手が。

くそっ、ついてない……。橘がいるなら、スルーするわけにもいかないだろう。あいつには恩も義理も、告白を覗いた負い目もあるからな。

「あんたみたいな、顔だけの根暗女に騙《だま》された一ノ瀬くんがかわいそう!!」

「そうよ、やっぱり性格は最悪ね！　一ノ瀬くんにも謝ってよ!!」

「私の内面、外見をどう思おうと勝手ですが、彼と私の間で、既に話は終わっています。第三者のあなたたちに、とやかく言われる筋合いはありません」

橘は怯《ひる》まない。それどころか、相手の連中の方があきらかにたじろいでいた。

これはもしかすると、助けはいらないかもしれないな。

「ひ、人のこと傷つけておいて、そんなこと言うなんて最低!!」

「傷ついたでしょうね。ですが、彼はそれを承知の上で、私に気持ちを打ち明けた。私は自分の思うまま、彼に答えを返した。そして私たちは、お互いに納得して会話を終えた。これが、昨日起こったことの全てです」

「なっ!!……なによ!!　なんなのよあんた!!」

「あなたたちの方こそ、なんですか。私のことが気に入らないなら、的外れな正当性を主張するのではなく、正面からそう言えばいい。それ以上の権利はあなたたちにはない。ましてや自分の憎悪に、人の気持ちを利用するなんて」

「う、うるさい!!」

パチン!!　という音がして、下からの声が止《や》んだ。それをきっかけに、俺は思わず立ち上がった。音を立てないように体勢を変えて、踊り場を覗《のぞ》き込む。

橘は、ひとりの女子に顔を平手打ちされたらしかった。頬を赤く腫らした橘は、それでも相手から目をそらさず、背筋を伸ばしたままその女子を睨《にら》んでいた。

俺は迷ってしまった。幸い向こうはふたりだけ。ここで止めなくても、橘はきっと大丈夫だ。それどころか、止めればまた第二、第三の報復が来るかもしれない。橘には勝てない、相手がそう思わない限り、この嫌がらせは繰り返されるんじゃないだろうか。

「……気が済みましたか」

「うっ……！」

「な、なんなのよ……こいつ」

「気が済んだのなら、私は帰ります。それでは」

だが、橘は完全に被害者だ。なにも悪くない。これは単なる、理不尽な悪意だ。たとえ助けが必要なさそうでも、このまま見ているのが本当に正しいのか？

「ま、待ちなさいよ！」

「……まだ、なにか」

「あんたなんか、顔だけなんだから!! あんたに近づいてくる男子なんて、みんなあんたの外見にしか興味ないのよ!!」

「……そうですね」

どこまでも幼稚な人格攻撃。しかしどういうわけか、橘の語気にはさっきまでの迫力がなかった。

どうやら向こうもそれに気づいたらしい。ふたりの女子は調子をよくして、一緒になって橘のことを罵倒し始めた。

これは、さすがに潮時か……。

「あんたみたいな女、みんなホントは嫌いなんだから!!」

「そうよ!! あんたなんて、その性格が知れたら男子だってみんな」

「武田《たけだ》先生! なんかこっちが騒がしいんですけどー!」

階段の陰から、鼻を摘《つま》んだ声で叫んだ。俺の必殺、武田召喚魔法だ。

今回も効果は絶大だったようで、女子ふたりは脱兎のごとく階段を駆け降りていった。

橘だけがその場に立ったまま、階段の上にいる俺の方を見る。

どうやら、正体はバレているらしい。

「……また覗きですか」

「また偶然、な」

「武田先生……は、いないんですね、どうせ」

「召喚失敗だ」

「召喚？」

橘は不思議そうな顔で首を傾《かし》げた。さっきぶたれたところが、痛々しく腫れている。

「大丈夫か」

「平気です。こんなの」

「ほっぺたもだけど、メンタルもな」

「それこそ、なんともないです。ただ、不愉快なだけで」

「それにしては、なんか、最後元気なかっただろ」

「っ……！　べつに、そんなことは」

あんな悪口ごときで、橘がショックを受けるとは思えない。けれど、たしかにさっきの橘は、ひどく傷ついたような顔をしていた。だからこそ、俺は考えるのをやめて、こうして割って入ることにしたのだから。

「……なんでもありません。あなたの気のせいでしょう」

「……ならまあ、いいけど」

「いいんです。帰ります」

「あっ、なら一緒に」

「今日は気分じゃありません」

ひとりじゃ、またあいつらに絡まれないとも限らないぞ。そう思っていたのに、橘はさっさと逃げるようにして階段を降りていってしまった。

無理強いするのも悪い気がして、俺はゆっくりと、ひとりで帰路に就いた。

追いかけるつもりはない。けれど、帰りにちょっとだけ、寄ってみたい場所ができた。

◆　◆　◆

高校の最寄り駅、東側出口のコンビニの脇道に入り、まっすぐ徒歩三分。

聞いていた通りのところに、俺の目的地はあった。さすがは橘、場所の説明が正確なこって。

ひとり焼肉店『ひとり身』。以前橘と情報交換して知った、あいつのイチオシの店だ。

「いらっしゃいませー！」

景気のいい女性店員の声に迎えられ、俺は目についた席に座った。ひとり用の各席に、一台ずつロースターが備え付けてある。テーブルに置かれたタブレットから、自由に注文ができる形式らしい。

「ごゆっくりどうぞー！」

店員はほとんど無干渉で、学生服の俺のこともまったく気にしていないようだった。さすが、ひとり焼肉に来る客の気持ちをよく理解している。

俺はタブレットから適当な肉と飲み物、それから白米を注文し、ふぅっと一息ついた。

俺が学校帰りにここへ寄ったのは、あくまで腹が減っていたからだ。そして、今日は焼肉の気分で、それなら橘に薦められた店に行ってみよう、そう思っただけ。

だから。

「……なぜ、あなたがここに来るんですか」

ここに橘がいるということは、完全に誤算なのである。

「そんなもん、焼肉を食うために決まってるだろ」

「そ……それはそうですが」

なにをわかり切ったことを聞いているんだ、こいつは。

「ひとりで焼肉を食う。それ以外に俺の目的はない。だから俺がこの席に座ったのも、隣に橘が座っているのも、まったくの偶然だ。俺たちにはこんなの、よくあることだろ」

俺が一息にそう言うと、橘は目を見開いて、じっと俺の方を見つめた。対する俺は、ロースターの上でゆらゆら揺れる陽炎《かげろう》を、ただ眺めるだけ。

「……ひとり焼肉ですから、私はひとりで食べますからね」

「そりゃそうだろ」

しばらくすると、俺と橘のテーブルに肉が運ばれてきた。控えめな量の俺とは対照的に、橘は大量の肉をロースターの周りに並べている。

この店が初めての俺は、橘がやるのを真似《まね》て、ただ無心に肉を焼いた。天井に設置された排気口に煙が吸い込まれていく。肉の焼ける音と香ばしい匂いが、本当はあまり腹の減っていなかった俺の食欲を増進させた。

「……」

「……」

肉を食う間、橘は無言だった。俺も黙々と肉を食った。ひとり焼肉なのだから当然だ。だから、これは会話ではなく、単なるふたりの独り言なのだろう。

「まだ赤いな、ほっぺた」

「……痛くないです、こんなの」

「そのわりに、涙目になってるぞ」

橘はビクッと肩を震わせた。慌てたようにおしぼりで目尻を拭い、洟《はな》をすんっとすすった。

「……煙たかっただけです」

「そうかい」

「……」

「……楠葉《くすば》さん」

「……」

「なんだよ」

「……私は、やっぱり嫌なやつでしょうか」

橘は肉の焼ける音に負けそうなくらい、弱々しい声で言った。

「いや。いいやつだよ、お前は」

「でも！……私と話すと、嫌な気持ちになる人は少なくありません。今日だって……」

なんだか、肩透かしを食らったような気分だった。そんなことを気にしていたのか。他人からどう見られようと知らん顔。それが橘の強さだったはずなのに。

「あんなやつらの言葉を真に受けるのか？」

「あの言葉だけじゃありません。あなたほどではないにしろ、私だって人付き合いが下手で、友達も少ないんです。だからあの人たちの言うことは、悪意こそあれど、決して的外れじゃ……ない」

「意外と繊細なんだな」

俺が言うと、橘は不機嫌そうに唇を尖《とが》らせた。肉を二枚一気に口に入れ、頬張るようにして噛《か》んでいる。

橘はこの店のことを、嫌なことがあったときに最適、と言っていた。それは俺が今日ここへ来たことには決して関係ないけれど、つまり橘《たちばな》は、あの出来事を『嫌なこと』だと感じているのだ。

だが、橘はあんな逆恨みの報復自体を引きずるようなやつじゃない。つまり、なにかそれ以外に橘の心を弱らせるものが、あのやりとりの中にあったのだ。

そしてどうやら、その正体がこれらしかった。しかし、本当にそうか？

「……あの人、一ノ瀬《いちのせ》さんといいましたか。彼も、やっぱり私の外見に惹《ひ》かれたのでしょうか」

「……さあな。気になるなら、本人に聞いてみればよかっただろ」

「そのときは気になりませんでしたから。もう遅いです」

「……ふぅん」

思えば、あいつは橘のどこがどういう風に好きだとか、言わなかったな。誠実そうなあいつなら、断られた時点でそういうことをまっすぐ伝えてきそうなもんなのに。

ただ、昨日橘にフラれて去っていくあいつは、どこか完全に諦めたような、すっきりしたような顔をしていた。リア充の考えていることはわからない。少なくとも、俺みたいな日陰者には。恭弥《きようや》なら、少しは理解できるんだろうか。

「……でも、たぶん違うと思うぞ」

「えっ……」

「なんというかあいつ、いいやつそうだったし、橘の外見だけを好きになって、あんな風に告白してくるとは思えない」

「……そうですか」

「ああ。須佐美《すさみ》や雛田《ひなた》だって、お前のことはあんなに好きなんだし、自信持てよ」

「……そう、ですね」

言いながらも、橘の表情は依然として暗かった。どうやら、本人にとっては思った以上に深刻らしい。

「……本当は、楠葉さんだって嫌なんじゃないですか」

小さな声だったのに、そのセリフだけは肉の焼ける音をかいくぐって、俺の耳にはっきりと届いた。

俺は自分でも思いがけず、グイッと橘の方に顔を向けてしまった。

「は？　なにがだよ？」

そう聞き返しながらも、俺には橘の言わんとしていることがわかった。わかったからこそ、俺の語気は少し、俺の想定していたよりもほんの少し、荒くなってしまっていた。

「私です。理屈っぽくて、愛想がなくて、つまらない。それが橘理華《りか》でしょう？」

俺は怒鳴りそうになって、咄嗟《とっさ》に自分の心を抑えつけた。だが、怒りは収まらない。

「楠葉さんも、私のことをそう思っているはずです。外見だけの、嫌な女。そうなんでしょう?」

「……」

俺は胸に手を当てた。深く息を吸って、ぐちゃぐちゃの頭を整理する。

俺の中には憤りがあった。では、その対象はなんだ。強いはずの橘の、卑屈な言葉か。橘を傷つけた、あの女子たちか。それとも答えがわからない、愚鈍な俺自身か。

わからない。でも、これだけは言える。これだけは言わなければならなかった。

「俺は、橘が好きだよ」

「……えっ?」

「お前が自分のことをどう思っていようと、俺は橘に感謝してる。本当に、心の底から」

「……あの」

「強すぎて、冷たくて、真面目で。でも思いやりがあって、俺なんかのことを受け入れてくれる橘が、外見なんて無関係に、ちゃんと好きだよ」

橘は驚きを隠せない顔をしていた。小さな両手を口に当てて、目を見開いて黙っている。

だが、これが俺の本音だった。そしてこんなことは、今みたいな場面でないと、絶対に言えなかっただろう。

多少誤解を招く言い方だったかもしれない。けれど橘なら、きっと正しくこの言葉を理解してくれるはずだ。

「俺よりあいつらの言葉を信じるって言うなら、俺はもうなにも言わない。でも、あいつらは他人で、俺はお前の友達だ。絶対に、俺の言うことの方が正しい。橘はいいやつだ」

「……」

「だから俺は、そんな橘と友達でいたいんだよ。お前だって、俺にそう言っただろ」

そこまで言い切ってから、俺はロースターの上の焦げた肉を網の隙間から炎の中へ落とした。気恥ずかしさのせいで、橘の方を見られない。熱くなった顔を冷やすために飲んだコーラも、気が抜けてすっかりぬるくなっていた。

「……楠葉さん」

「……なんだよ」

「……ありがとうございます」

「いいって……」

それだけ言葉を交わして、俺たちはまた、黙々と肉を食った。チラッと横目で見た橘の顔は、どういうわけかすっかり明るくなっていた。

なんだ、案外大したことなかったのか？

互いに満足して店を出る頃には、橘は完全にいつもの調子に戻っていた。

「やっぱり、焼肉の効果は絶大です」

「はいはい、よかったな」

ふたりで並んで歩きながら、橘は上機嫌にそんなことを言う。元気になったならなんでもいいけれど、意外とアップダウンの激しいやつなんだな、こいつは。

「……楠葉さん」

「なんだよ、今度は」

「私、わかりましたよ」

「なにが？」

「結局人間というのは、誰からも好かれることはできないのです。好き嫌いがあって当然。なのにこと人間関係になると、人はそれを忘れがちになる」

「……それで？」

「結論として……私は、自分が好きな人にさえ、好きでいてもらえればそれでいいんです」

「……そうだな」

俺だって、まるっきり同じ考えだ。だけどそう思えるようになったのは、お前のおかげなんだよ、橘。

「それにしても、急に元気になったなぁ、お前」

「そっ……そんなことありません」

「そうか？」

「そうですよ」

「そうかなぁ」

「そうですってば！」

いじけてしまいそうなので、これ以上の追及はやめておくことにした。橘の顔が赤く見えるのは、きっと気のせいに違いない。

だから俺の顔が熱いのだって、絶対に、間違いなく、気のせいだ。

第9話　少年は思い知る

「ってことだから、その子たちはもうちょっかいかけてこないと思うわ。安心してね、楠葉くん」

　ある日の昼休み、俺は恭弥に連れられて、中庭で須佐美《すさみ》千歳《ちとせ》と会った。

　須佐美は俺を見るや否や、なぜかニヤニヤと腹の立つ表情をした後、「ありがとう」と言った。なにに対する礼なのかと首を傾《かし》げていると、須佐美は先日の橘襲撃事件の後日談を話し始めたのだった。

「相変わらず、恐ろしいほど手際がいいな、あんた」

「可愛《かわい》い理華のためだもの、当然よ」

　話によれば、橘からあの一件について聞かされてすぐ、須佐美はあの女子ふたりを特定し、直接接触したらしい。そこからはなんの工夫も策略もなく、やめろ、と釘《くぎ》を刺したそうだ。

　それだけで本当に常習化を止められるのは、さすが須佐美というところだろう。極め付けには、あの一ノ瀬というらしい男子にもコンタクトを取り、なんらかのダメ押しをしたらしい。

「でも、私はあの子の身を守っただけ。理華の傷を癒したのは楠葉くん、あなたよ」

「そうか？」

「そうなの」

須佐美はクスッといやな笑い方をした。いやな、という表現は適切ではないかもしれないが、これ以外に言葉が思いつかない。

「それにしても廉《れん》よ！　もういよいよ誤魔化せなくなってきたんじゃないのか？」

「……なにが？」

やたらとテンションの高い恭弥が、俺の肩に腕を回してきた。普通に暑苦しい。

「とぼけるなよぉ。橘さん、好きなんだろ？」

「……違うって」

「あ、今変な間があったぞ」

「うるせぇな……」

恭弥はすぐにこうして、恋愛を持ち出してくる。高校生なら当然なのかもしれないが、正直俺には手に余る。

「っていうか、須佐美の前でそういうこと言うなよ……」

「あら、どうして？」

「どうしてって……気に入らないいんじゃないのかよ」

「そんなことないわよ、冴月《さつき》じゃあるまいし」

またクスクスとした笑み。こちらを見透かしたような、須佐美特有のこの笑い方。

あぁ、そうか。いやなんじゃない。俺はこの笑みが、怖いんだ。隠していることを、そして俺自身が気づいていないことを、全部知られているようなこの笑い方が。

「それどころか、私はけっこうお似合いだと思うわよ。理華と楠葉《くすば》くん」

「俺も俺も！　なんかふたりともマイペースなのに、そのペースが同じっていうかさ」

「そうだとしても、恋愛に結びつける理由にはならないだろ。友達でいい」

「出たー、廉の偏屈論破」

「誰が偏屈だ誰が」

得意技みたいに言いやがって。

「でも、理華がどう思ってるかはわからないでしょう？」

俺への追及は止《や》まなかった。いつもなら恭弥《きょうや》ひとり言いくるめれば済むのだが、今日は相手が多い。しかもそれが須佐美となると、余計に厄介だった。

「お、そうだぞ廉。橘《たちばな》さんが廉のこと、好きかもしれないじゃん」

「……だとしても、俺の身の振り方は変わらないだろ」

「変えてもいいし、変えなくてもいいのよ。それでどうなるかも踏まえて、選べばいいわ」

「いやぁ、俺は付き合ってほしいなぁ、廉と橘さん」

「ふふっ。まあ、それは私もそうなのだけれどね」

「……勝手なことを」

静の須佐美と動の恭弥。このふたりのコンビはなかなかに凶悪だった。

それにしても、須佐美が肯定的なのは意外だな。てっきり雛田《ひなた》みたいに、橘のことを守りたがるものかと。

「守りたいわよ、もちろん」

俺が自分の考えを伝えると、須佐美は当然だと言うようにまた笑った。

「……じゃあ、なんで」

「わからない？　守りたいから、あなたと一緒になってほしいのよ。あの子、あれで案外、弱いから」

「……わかんねぇよ、いろいろと」

「付き合ったらダブルデートだぞ！　約束だからな！」

「あら、なにそれ。私は仲間はずれ？」

「トリプルデートでもいいぞぉ！　でも須佐美さん、彼氏いたっけ？」

「さぁ、どうかしらね」

煙《けむ》に巻くように、いつもの笑みを浮かべる須佐美。人のことはあっさり見破るくせに、自分のことは明かさないとは。まあ、べつに特段興味があるわけじゃないけれど。

「っていうか、勝手に決めるなよ」

「いいじゃん！　もし付き合ったら、の話なんだから！」

「そうね。もしもの話よ」

「……もういい」

ふたりに背を向けて、さっさと中庭を出ることにした。須佐美は「それじゃあね」と言ってあっさり引き下がったが、恭弥は案の定追いかけてきて、また無理やりに肩を組んできた。

「素直じゃないなー、廉は」

「やめろって。うっとうしい」

「いいじゃんかー、親友なんだから」

「……暑いんだよ」

「おっ！　親友は否定しないのか！　くぅーっ！　成長したなぁ、廉」

くそっ……俺としたことが。

まあ、今さらそこを否定したところであまり意味はないだろう。それに、否定する気もない。俺に親友がいるとすれば、それは間違いなく恭弥のことなのだから。

「廉」

「……なんだよ」

「せっかくちょっとずつ変わってきたんだ。それも、いい方向に。だからさ、自分の気持ちに嘘《うそ》つくのだけは、やめとけよ?」

「……わかってるよ」

急に真面目な口調になった恭弥に、俺は軽口を叩《たた》くことができなかった。

俺がこっそり縮めていた、踏み込んでほしくないラインまでの距離。それをあっさり見破って、自然に最短距離まで詰めてくる。こういうところが、こいつのいいところであり、俺が苦手なところなのだろう。

「わかってるならいいや。あんなこと言ったけど、本当に廉が橘さんを好きじゃなくて、このままでもいいなら、そうすればいい。でも、やっぱり橘さんが好きで、助けがほしくなったら、そのときは絶対に俺を頼れよ?」

「……言われなくても、お前しかいないんだよ、俺には」

「あはは、そうだった」

「うるせぇ。否定しろや」

「親友に嘘はつけないんだ、義理堅いから」

「ホントに義理堅いやつに謝れ」

やれやれ、調子のいいやつだ。

……まあ、たしかにこいつは、嘘はつかないいんだろうけど。

◆　◆　◆

その日はひどい雨だった。

学校から帰る間にびしょ濡《ぬ》れになる程度には傘も意味をなさず、俺は帰宅するなりシャワーを浴びた。その後はメシを食い、雨音を聞きながらいつも通りゴロゴロした。夜になるとついでに雷もゴロゴロ鳴り始め、窓から見える街並みはどんよりと重苦しかった。

こんな夜は漫画でも読むに限る。スマホから購入したタイトルの一巻を読み終わる頃には、俺はすっかりその作品にハマってしまっていた。明日はちょうど土曜日だし、まとめ買いしてしまおうか。ちなみに、俺は電子書籍派だ。

〝ドゴォォォン!!〟

そんなことを考えていると、地響きとともに激しい雷鳴が轟《とどろ》いた。百パーセント、落ちただろう。しかもかなり、近そうだ。

土砂降りの日に家にいられるってのは、なんだか得をした気分になるなぁ。

俺は呑気《のんき》にそんなことを思いながら、スマホの中の漫画のページをどんどんめくっていった。

「……」

……ん？

なんか、重要なことを忘れてる気がする。いや、重要というか、なんというか……。

「……あっ」

橘だ。

この雷。橘のやつは、間違いなく部屋で震えてるはず。

前回は自分から助けを求めに来たが、今回はその気配もない。以前よりも関係は良好だから、来てもおかしくはないんだが……。

……いや、これだとまるで、橘が来るのを期待してるみたいじゃないか。便りがないのは元気な証拠。なにもないということは、平気なんだろう。

真面目な橘のことだ。ひょっとすると前回の反省を受けて、こっそり雷を克服したのかもしれない。そうだ、そうに違いない。

「……」

あー、くそっ。

俺は傘を持って、おずおずと部屋を出た。一応、確認しておいたほうがいい気がする。

なにもなければそれでいいが、もし腰でも抜かしていたら、わりとただ事じゃないからな。

強風に煽《あお》られた雨が、斜めに叩きつけてくる。傘が重い。風呂で清めた身体《からだ》が濡れるのも早々に諦めて、俺は橘の部屋があるB棟を目指した。

部屋の前まで来ても、中からは物音ひとつしなかった。叫び声もしないとは、どういうわけだ？

普通に考えれば、不在だろう。だが、時間が時間だ。妙に胸騒ぎがする。

生憎《あいにく》、橘の連絡先は知らない。こんなことなら交換しておけばよかったが、そこは友達付き合い初心者の俺のなせるわざ、ご愛嬌《あいきょう》だ。

その代わり、なぜか半ば無理やり教えられた、須佐美《すさみ》の連絡先がある。まさかこんなところで役に立つとは。

『今、橘と一緒か？』

それだけの内容を、メッセージアプリで送信する。不在だとすれば、きっと雛田か須佐美のところだろう。天気予報でも降水確率は九十パーセントだったから、こんな時間までひとりで出かけているとは考えにくい。

須佐美からの返事は早かった。

『違うけれど、どうかした？』

『雛田と一緒って可能性はあるか？』

『いないと思うわ。今日はまっすぐ帰ったはずだけれど』

それにしては静か過ぎるぞ……。

『雷が鳴ってるのに悲鳴がしない』

その文面に既読がついても、須佐美は返事を送ってこなかった。代わりにスマホが震え、画面には『着信』の文字。

「……もしもし」

『部屋の前にいるの?』

「あ、ああ。ちょっと、野暮用で」

真っ先に言い訳が口をつく。が、須佐美はそれには反応せず、少し黙ってから言った。

『鍵は?』

「え?」

『開いてるの?』

「い、いや、さすがにそれは確認してないが」

『確認して』

「お、おう……」

言われた通り、ドアノブに手をかける。すると、ノブはあっさりと回転した。

なんで鍵が……。

さすがに勝手に開けるわけにもいかず、ひとまず須佐美に報告を入れることにする。

「開いてるよ」

『入って。私が許可するわ』

「んな、勝手な」

『今朝から理華《りか》、体調悪かったのよ。もしかしたら……』

「マジかよ……」

言われてみれば、学校で少し見かけたとき、たしかに顔色が悪かった気がしないでもない。とはいえ、勝手に部屋に上がるなんて、大丈夫なのか？　これがただの鍵のかけ忘れで、実はどこかへ出かけてるとかだったら……。

『そのときは私が、事情を話して一緒に謝るわ。だからお願い、楠葉《くすば》くん』

須佐美は珍しく真剣そのものだった。語気からいつもの余裕が感じられない。

「……わかった。頼むぞ、ホントに」

『ええ、お願いね』

そう言うと、須佐美は通話を切った。スマホをしまい、再びドアノブを回す。なんだか空き巣になった気分だが、そんなことは言ってられない。

「……っ！」

ドアを開けると、すぐそこに橘《たちばな》が倒れていた。

「マジかよ……！」

初めて見るキャミソール姿の橘は、壁に寄りかかるようにして項垂《うなだ》れ、ぐったりしている。俺は急いで靴を脱ぎ、橘に駆け寄った。目のやり場に困るが、今はそうも言っていられない。

「橘！　おい！　どうした！」

あまり揺らさないように、身体を支えながら呼びかける。が、反応はない。

額に手を当てると、明らかに高熱だった。首や背中にも汗をかいている。

どうして玄関に……。

もしかすると、部屋を出ようとしたのかもしれない。そして鍵を開けてから、気を失った。そんな推測が立つが、今は経緯を気にしても仕方ない。

気を失っているのに呼吸が荒い。表情も苦しそうだ。

俺は以前のようにお姫様抱っこの要領で橘を抱えた。

ゆっくりリビングへ進み、できるだけ部屋の中を見ないように、橘をベッドに寝かせる。

身体が熱いとはいえ、布団は着せるべきだろう。

「橘、平気か？」

「……楠葉、さん……？」

初めて橘が声を出した。どうやら、なんとか無事らしい。

「ああ、俺だ。悪いな、勝手に入って」

言いながら、薄暗かった部屋の電気をつける。橘の意識が戻ったことで、俺はかなり落ち着きを取り戻していた。

「どこかぶつけてないか？　痛いところは？」

「……いえ」

「そうか。ちょっと待ってろよ」

キッチンにあったタオルを濡らして絞る。冷凍庫から氷をいくつか出して、そのタオルにくるんだ。

「冷たいぞ」

一言断ってから、橘のでこにタオルを載せた。橘は目を瞑《つぶ》ったまま一瞬顔をしかめた後、ふっと緊張が解けたように表情を緩めた。

「どうだ？」

「……ありがとうございます」

橘は薄く目を開けて俺を見上げた。頬が上気し、目が虚《うつ》ろだ。三十八度後半くらいだろうか。

「……すみません」

「バカ、いいよ。ただ、体調悪いならあらかじめ言っとけ。そうしたら、もっとなにかできたのに」

橘は黙っていた。

さて、どうしたもんか。このまま部屋に戻るのも心配だが、かといって、できることはそれほど多くない。

「風邪薬あるか？」

「……いえ」

「なにか、してほしいことは？」

「……飲み物が」

「わかった」

再び冷蔵庫を開け、コップにお茶を注ぐ。コップを渡すと、橘は半身を起こしてお茶を飲んだ。顔を歪《ゆが》めているところを見るに、喉が痛むのかもしれない。

「体調は？　つらいか？」

橘は無言で頷《うなず》いた。髪が乱れ、また汗をかいている。

「しばらくここにいるぞ。いいか？」

今度はしばらく黙った後、またゆっくり頷く。さすがにその方が、こいつも安心なんだろう。もう夜だし、とりあえず今は布団を着て寝ることだ。

「お前が寝つけるまではいてやるから」

橘はまた頷いた。それから目を閉じ、深く息をする。

俺はベッドの横に腰をおろし、須佐美にメッセージを送った。できることなら、橘も俺より須佐美に来てほしいところだろうし。

『橘、ぶっ倒れてた。たぶん熱。しばらくここにいる』

すぐに既読マークがつき、返事がきた。

『理華の様子は?』

『意識はあるし、たぶん平気だ。もし暇なら、明日看病に来てやれないか?』

『そのつもりよ。だけどお昼までは、楠葉くんよろしくね』

『俺はいいけど……モラル的に問題じゃないのか?』

『問題になるようなことしなければ、大丈夫よ』

『するか!』

『じゃあ、お願いね。理華も安心すると思うから』

それっきり、須佐美は既読マークもつけなくなった。勝手なやつめ。しかしこうなっては、引き受けないわけにもいかない。

まあ、橘にはデカい恩があるからな。これくらい、どうってことはない。

「眠れそうか?」

ベッドの下から、横になっている橘に声をかけてみた。しばらく返事はなかったが、それでも小さな声で橘は答えた。

「……すみません、楠葉さん」

「またそれか。いいって。お前が嫌じゃないなら、俺のことは」

言いながら、俺は数ヶ月前のことを思い出していた。

「去年の、あれは十月かな。俺も熱出したんだよ。でも、誰にも頼れなかった。平日で、親も仕事中だったからな」

それでも連絡をすれば、もしかすると仕事を抜けて来てくれたのかもしれない。だけどそんなことをさせるほど、もう俺だって子供じゃないのだ。

「ぶっ倒れてひとりだと、とにかく不便でさ。気持ちも弱ってたし、メシ作るのもつらいしで、かなりきつかったんだよ」

橘は黙っていた。もう眠っているのかもしれない。

「だから、頼れよ。せっかく近くに友達がいるんだから。そいつがどれだけポンコツでも、いないよりはずっとマシだろ。気持ちはわかるから。だから、気にすんなよ」

返事はない。まあ、俺のつまらない話で眠れたのならなによりだ。

落ち着いたら、俺の方にも眠気がきてしまった。週末だし、朝もなぜか早起きだったから、疲れてたんだろう。慣れないこともしたしな。

「おやすみ、橘」

一声かけてから、俺も思わず目を閉じた。襲い来る睡魔に身を委ねる。

眠りに落ちる直前、俺は遠くで「ぐずっ」という泣き声を聞いた気がした。

◆　◆　◆

翌日には、橘の体調はそれなりに回復していた。

まだ起き上がるのはつらそうだが、意識は昨日よりもスッキリしているようだ。

「どうだ」

「……三十八度一分です」

「うん、まあ、だいぶマシだな」

橘から体温計を受け取って、ケースに仕舞う。もう昼前だ。そろそろ買い出しに行こう。

「午後からは須佐美《すさみ》が来てくれるらしいから、それまでの辛抱だ」

「千歳《ちとせ》が……。そうですか……」

「ああ。今から買い物行くけど、なにかほしいものあるか？」

「……水分と、食べやすいものがあれば。あと、薬も」

「わかった、適当に色々買ってくる。ひとりにしても平気か？」

橘はゆっくり頷いた。

身支度を整えて、玄関に向かう。部屋を出る寸前、橘が小さな声で俺を呼び止めた。

「楠葉さん」

「ん？」

「……ありがとうございます」

「いいって。じゃあな」

買い物から帰ると、既に須佐美は橘の部屋に上がっていた。

「おかえりなさい。ご苦労様、楠葉くん」

「おう。悪いな、わざわざ」

「理華のためだもの。それに私は部活もないしね」

須佐美は私服らしい丈の長いスカートを着て、足を崩して座っていた。格好のせいか、学校での制服姿よりもいっそう大人びて、歳《とし》不相応に落ち着いて見える。

「橘は？」

「眠ってるわ。顔色は悪くないから、快方には向かってるはずよ」

「そうか、よかった。橘と話したか？」

「ええ、少しね」

そんな会話をしながら、俺は買ってきた飲み物やゼリー、果物などを冷蔵庫に移した。

風邪薬は須佐美に渡しておく。

「じゃあ、あとは頼む。あんたがいれば、橘も安心だろ」

「ええ。任せて」

「俺も向かいのマンションにいるから。なにかあったら呼んでくれ」

そう言って、俺は荷物を持って玄関へ。頼りになる須佐美のことだから、まあ大丈夫だろう。

「楠葉《くすば》くん」

突然呼び止められて、俺は靴を履きながら振り返った。

「……なんだよ」

「せっかくだし、やっぱり少し話さない？」

「話すって、なにを？」

「世間話よ。ひとりだと暇だし。もちろん、あなたが忙しくなければ、だけど」

少し考えてから、俺は小さく頷いた。須佐美には来てもらった恩もある。それに、特別なにかやることがあるわけでもない。

「ありがとう。理華《りか》が寝てるから、小声でね」

「おう」

ニコッと笑う須佐美。その余裕と見栄えのよさに、なんとなく生物としての格差を感じる。これといって欠点が見つからないのが、須佐美の恐ろしいところだ。

橘《たちばな》の眠るベッドの横で、俺と須佐美はテーブルを挟んで座る。特に向かい合うというわけでもなく、ただ男女として適切な距離を取った結果だった。

「昨日はありがとう。理華を助けてくれて」

「不法侵入したけどな、ドアからとはいえ」

「私が許可したのよ。誰にも文句は言わせないわ」

「けっこう焦ったぞ。普通に倒れてたからな、そいつ」

「あなたがいなければ、けっこう危なかったかもね」

「ゾッとすること言うなよ」

「でも、事実でしょう」

須佐美はクスッと笑った。

「ところで」

そう言いつつ、須佐美はすっくと立ち上がって、橘の顔を覗《のぞ》き込んだ。

「あなた、今まで恋愛は？」

おそらく、橘が起きていないかどうか、確認したのだろう。俺にそう思わせて然《しか》るべき
セリフが、須佐美の口から出た。

相変わらず、人の嫌がる話題を的確に射抜いてくるやつだ。

「……なんだよ、突然」

「友達が少なかった、とは聞いていたけれど、そっちはどうなのかと思って」

「……それ、興味あるか？」

「ふふっ、あるわよ？」

思わず、ため息が出た。どうやってかわそうか。そんなことを考える気力をなくさせるような不敵な目で、須佐美は俺を見ている。

「……なんの経験もないよ」

「人を好きになったこともないの？」

「いや……それはまあ、少しは」

「それじゃあ、経験あるじゃない」

「告白したり、されたり、付き合ったり、そういうことがあるわけじゃないぞ。経験ないのと同じだろ」

「あら、そんなことないと思うけど」

須佐美はなぜか、テーブルに頬杖《ほおづえ》を突いてこちらに顔を近づけてきた。まるで相手をその場に縫い付けるような、それでいて敵意を感じさせない、妙な視線だった。

「人を好きになる気持ちを知ってるっていうのは、知らないのとは随分違うわよ」

「そうか？」

「そうよ。特に、今のあなたにとってはね」

そのセリフで、俺には須佐美がなんの話をしようとしているのか、わかってしまった。

けれど、その話題はもっと嬉《うれ》しくない。それこそ特に、今の俺にとっては。

「この前、理華が一ノ瀬《いちのせ》くんに告白されたとき、あなた、その場にいたそうね」

「……あぁ、まあ」

「それじゃあ、楠葉くんに質問だけれど、理華はどうして、断ったと思う?」

言われて、俺は自然とあの日のことを思い出した。

『私はあなたを好きではないから、です』

橘はそう言った。それ以上でも以下でもない、単純な理由。だが単純ゆえに、このセリフにはさまざまな含みが想定されるはずだ。だからこそ俺は、一ノ瀬があそこで引き下がったことがずっと不思議だった。

相手のことが好きではない、というのは、一見すると断り文句として正しい。しかし実際には、それは相手との交際を拒否する理由にはならない。

「一ノ瀬くんを好きじゃなくても、彼と付き合わない理由としては不十分よね。好きじゃない相手とは付き合わない、なんていう前提が、そもそも存在しないのだから」

須佐美の言う通りだ。人間は、好きでもない相手に交際を求められても、多くの場合は嬉しくなってしまう。そして、相手のことをよく知らないのであれば尚更《なおさら》に、相手の見目がよいならばよりいっそう、自分も相手を好きになれるのではないかという期待を寄せるものだろう。告白されたことがきっかけで相手を好きになる、なんてこともあるくらいだ。

「まあ、理華は真面目だから、そんな前提を自分で用意していそうではあるけれどね。だけど彼、一ノ瀬くんは私が見る限り、すごくいい人だと思うわ。告白されて、嬉しくない女の子はいないでしょう」

「……だろうな」

では、なぜか。イケメンで、内面の印象も悪くない一ノ瀬を、橘が拒絶した理由は、なんなのか。

自分の思考がこれ以上進まないように、俺は意図的に無駄なセリフを吐いた。

「でも、橘らしいと思うぞ、俺は」

「ええ、そうね。本当に、理華らしい」

そう言った須佐美は、相手の致命的なミスを見つけた軍略家のような顔をしていた。目尻に当てていた小指が少し曲がり、両眼が鋭く細まる。

身体《からだ》が動かなくなった。なにかを言うこともできずに、俺はただ須佐美の次の言葉を聞いていた。

「まっすぐで、不器用で、可愛《かわい》くて、わかりやすい。そう思わない？　楠葉くん」

思わない。俺はなにも思わない。

「告白されて、それを断るのは、相手が好みじゃないとき以外では、どんな場合があるか。簡単よね」

こいつは、なにがしたいんだろう。それを俺に言って、どうしたいんだろう。俺になにをさせたいんだろう。

「……もう、帰る」

無理やりに立ち上がって、自分でもわかるぎこちない足取りで、俺は部屋を出た。このままここにいたら、全部暴かれる。その覚悟も準備も、今の俺にはまだまだ足りなかった。

「楠葉くん」

呼び止められて、俺はなぜか、素直に足を止めてしまっていた。そうなってしまうくらいには、俺は既に、追い詰められていたに違いない。

「ごめんね。でも、悪気はないのよ」

「……ホントかよ」

「ホント。だって、大切な友達なんだもの、理華も、それからあなたも」

ドアが閉じる間際に見えた須佐美は、不思議なほど穏やかな笑みを浮かべていた。

橘があいつのことを、『意地悪』だって言った意味が、ちゃんと理解できたような気がした。

◆　◆　◆

翌日。

昨日の漫画まとめ買いで金銭的な打撃を受けた俺は、昼間に古本屋で買った小説を読み漁《あさ》っていた。

それにしても、三百円三冊で八時間潰せた、というのはかなりの成果だ。低価格で時間を充実させるには、ひょっとすると古本が最強かもしれない。

ところで、橘はどうなったんだろうか。昨日の夜には須佐美《すさみ》も帰ったみたいだし、もう平気だといいんだけど。

そんなことを考えていると、不意にピンポーンと呼び鈴が鳴った。この家のベルを鳴らすのは、最近ではもうひとりしかいない。

「よう」

「……こんばんは」

橘はまたキャミソールを着て、上にパーカーを羽織っていた。髪が少し湿っている。どうやら風呂にも入ったらしい。すっきりした表情だったが、少しだけ顔が赤いように見えた。

「熱は？」

「はい。もう下がりました」

「明日は学校、行けそうなのか？」

「そのつもりです」

「そうか、よかったな」

相変わらず真面目なやつだ。俺ならたぶん、大事をとって、とかなんとか言って一日余分に休むだろうな。

「改めて、悪かったな。勝手に部屋入って」

「そ、そんな！……いいんです。そのおかげで……私は」

橘の目が、少しだけ潤んで見えた。なんとなく危険を感じた俺は、半ば無理やりに、その話を終わらせることにした。

「それで、なんの用だ？」

「い、いえ……用と言うほどでは……ないのですが」

橘は言い淀《よど》んでいた。いつも淡々としていて、静かだがはっきりと物を言うこいつには珍しい。不自然に頬を染めて、服の袖を口元に当てて、目をそらしている。

「なんだよ。言いにくいことか？」

「そ、そういう訳では……」

「……なんでもないなら、早く戻れ。今日は早めに寝ろよ」

「あっ！　楠葉さん！」

ドアを閉めようとした俺の手を、橘が摑《つか》んだ。ぎゅっと握りしめられて、橘の手の温度が伝わってくる。

……熱いな。こいつ、ホントにもう熱ないのか？

「あ、ありがとう、ございました……本当に……」

「お、おう。いや、いいよ。あんまり気にすんなよ」

なにかと思えば、普通にお礼を言われた。恩を感じてくれてるのは嬉しいけど、友達なんだから当然だ。それに、看病したのはほとんど須佐美だしな。

「……本当に、感謝しています。今回だけじゃない。楠葉《くすば》さんには、何度も何度も助けられて……」

「助けられてるのは俺も同じだろ。それに、お前が言ったんだぞ。友達なら、助けられてもお返しされても、ありがとうでいいって」

「……そうですね」

そこで、橘《たちばな》は黙ってしまった。それなのに、話を終わらせようとはしない。

俺と橘の間に、おかしな沈黙が続いた。橘は頬を染めたまま、パーカーの裾を摑んでもじもじしている。その様子を見ていると、なぜだか俺もいたたまれなくなって、頭を掻《か》いて視線を明後日《あさって》の方向に投げてしまった。

「それじゃあ……」

「……ん？」

「……友達じゃなくなったら、どうなってしまうんでしょう……？」

「そ、それは……」

どういう意味だ？

そう尋ね返すこともできず、俺はその場で黙り込んでいた。友達じゃなくなる。

それは、他人に戻る、ということだろうか。それとも、もっと別の意味なのだろうか。

なぜ俺は、それを橘に尋ねることができないんだろうか。

橘はそれ以上、なにも言わなかった。ペコリと軽く頭を下げ、ゆっくりとした足取りで去っていく。

俺も今度こそドアを閉め、自分の部屋に戻った。ドアの向こうから、橘が帰っていくらしい足音がかすかに聞こえて、遠ざかっていく。

ひどい脱力感に襲われて、俺はベッドに倒れ込んだ。頭の中に、昨日の須佐美とのやりとりが、否応《いやおう》でも思い出される。

人が告白を断るとき、相手が原因じゃない場合、なにが理由か。

須佐美は昨日、その答えを言わなかった。だが言われなくても、俺にはその答えがわかっていた。それくらいに単純で、明らかで、ほかに考えられなかったから。

橘が特殊なのかもしれない。そうやって高を括《くく》ることだって、できなくはない。けれど、きっとそうじゃない。あいつは素直で、わかりやすいから。

橘と俺は友達だ。そうなったきっかけこそ妙だったけれど、気を許せるいい友達になれた。

それは嬉しい。俺の考え方を変えてくれたことにだって、感謝してる。

「……はぁ」

でも、どうしてそれで終わらないのだろう。満足しないのだろう。贅沢《ぜいたく》なやつ。身の程知らずなやつ。馬鹿なやつ。

「……あぁ」

期待してしまう。欲張ってしまうけれど、怖がってしまう。

そもそも、俺には女友達だって初めてなんだぞ。うまくやれって言う方が無理なんだよ。

可愛いよ、橘は。でもそれだけじゃなくて、いやそれ以上に、いいやつだよ。ありのままの俺を受け入れてくれる、不思議なやつなんだよ。

『他に好きな相手がいるから』。

それ以外に、あいつが一ノ瀬《いちのせ》を拒んだ理由があるだろうか。

恋愛に興味がないから?

好きじゃない相手と付き合うなんて不誠実だから?

こっそり覗《のぞ》いていたやつがいたから?

そうかもしれない。

でも、きっとそうじゃないんだ。

知らんぷりをしていた。

気づかないふりをしていた。

いや、それしかできなかった。

馬鹿な俺には、それが限界だった。

こんなに複雑なものをひとりで嚙《か》み砕くなんて、俺には無理だった。

「……あー、くそっ」

スマートフォンで、メッセージを送る。あいつの言う通りになったみたいで、腹が立つ。

結局頼れる相手があいつしかいなくて、ムカつく。

でも、ほかに相手がいたとしても、俺はあいつを選ぶに違いなかった。

『不本意ながら、助けてくれ』

すぐに既読マークが付く。そんなところも、なぜかムカついた。

『任せとけ!!』

「なにを？」って聞けよ、あほ恭弥《きょうや》め。

第10話 美少女が嫉妬する

「うっ……ぐずっ……うぅ……廉《れん》……」

「……」

放課後、俺たち以外に誰もいなくなった教室で、恭弥はぼろぼろと泣いていた。さすがの爽やかイケメン恭弥でも、普通に汚い。

「俺は……嬉《うれ》しくって……うわぁ……」

「……暑苦しいな」

俺の言葉にも、恭弥はどこ吹く風で泣き続けた。いい加減、恥ずかしいからやめてほしいんだが……。

「ほら恭弥、こんなことで泣かないの」

「だってぇ……！」

なぜか同席している雛田《ひなた》が、恭弥の涙を拭きながら俺の方をジト目で睨《にら》む。っていうかマジで、なんでいるんだよ、こいつは。そして、こんなこと、って言うな。

「それにしても、楠葉ってホントにヘタレね。告白ぐらい勝手にすればいいじゃない」

「ばっ！……デカい声で言うなよ。それに、べつに告白するってわけじゃないぞ」

「はぁっ？」

雛田が呆《あき》れたような声を上げた。が、本当なんだから仕方ない。

そもそも俺が恭弥に頼もうと思ったのは、これからどうすればいいのか、それを考えることだ。俺だけでは選択肢を捻出することですら難しいから、こういうことに強い恭弥の案を聞こうと思っただけ。

「ってことだから、勝手に進めるなよ、話を」

「意味不明ね。好きなんじゃないの、理華《りか》のこと」

「……ち、違いますぅ」

「うんうん、いいんだぞ廉。素直になれない気持ちはよくわかる」

いつのまにか泣き止《や》んでいた恭弥が、実に不本意な共感を口にする。だから、違うんだって。

……たぶん。

「……自分の気持ちとか、そういうのも含めて相談したかったんだよ。今回ばっかりはお手柔らかに頼む、マジで」

「なに辛気臭いこと言ってるんだか」

「ぐっ……」

「まあまあ冴月《さつき》。せっかくあの廉が前に進もうとしてるんだし、許してやろうぜ」

「好きなら好きって言えばいいのよ。で、フラれたら泣いて、反省して、切り替える。それだけでしょ」

なんとも逞《たくま》しい意見を述べる雛田。正直、言ってることは正しい気もする。けれど、俺は本当にわからないのだ。自分が橘を、好きなのかどうか。

「好きだって、絶対」

「なっ……なんでそんな……」

「見てればわかるんだよ。親友だからな！」

そう言って、ニカッと眩《まぶ》しい笑顔を向ける恭弥。普通にうっとうしい。

「廉はどうすればいいか、なんて言うけどさ。大事なのは廉が、どうしたいのか、ってことだろ。なにが正しいとか、そんなのないんだから」

「そ、それは……そうかもしれないけど」

「べつに俺は、廉が橘さんを好きだってことにしたいわけじゃない。ただ、廉が自分でこうしたいって決めたことを、全力で手助けする。でも、なにがしたいのかは、廉が自分で決めなきゃダメだ」

いつになく真剣な口調で恭弥が言った。

間違いなく、その通りだ。いや、本当はそんなこと、言われなくてもわかっていたんだろう。

だったらどうして、俺はこんなに困っているのか。こんなに、自分と向き合えずにいるのか。

その答えも、実はもうわかっている。

「で、どうしたいのよ？　あんたは」

じれったそうな顔で、俺を見つめる雛田。対照的に、恭弥はニヤニヤと、なにかを楽しみに待つような浮かれた表情をしていた。

自分と向き合ってしまえば、きっと俺は正しい自分の気持ちに辿《たど》り着いてしまう。そうなるのが怖くて、受け入れることを怖がって、俺は前を向けずにいるに違いなかった。

俺が……どうしたいか。

「……俺は、橘のこと、好きだと思う」

「おおっ!!」

「はぁ……。それで？」

「……でも、だからってどうすればいいのか。いわゆる、付き合うってことを望んでいいのか、わからない。今の関係が変わるのが怖いのかもしれないし、今のままで満足してるのかもしれない……」

「……おう」

「だって、前よりもずっと、もう意味がわからないくらい、楽しいんだよ。これ以上、なにを望むことがあるんだ。欲張って、それで失ったら、もう取り戻せなくなる。そんなのは嫌だ。絶対に嫌だ」

いつのまにか、そう思ってしまっている。傷ついてもいいと、そう思って関わることを決めたのに。

「……だから、どうしたいのよ」

恭弥と雛田は、俺を急《せ》かさなかった。ただそれぞれの表情で、それぞれの視線を俺に向けていた。

「……でも、もっと橘《たちばな》と仲よくなりたい。橘に恩を返していきたい。あいつが困ったら、悲しんだら、助けてやりたい。きっと、これが好きってことなんだと思う。恋人になりたいわけじゃないけど、それであいつを守れるなら、俺はそうしたい……」

「お、おぉぉぉぉお!!」

「……あいつが嫌じゃないなら、だけど……」

最後に弱音を付け足して、俺は机にガバッと顔を伏せた。完全にエネルギー切れだ。安いプライドも、気力も、体力も、全部が空っぽだった。

「はい、自己陶酔タイム終わりね。で、どうするの？」

「自己陶酔タイムとか言うなよ……」

相変わらず辛辣なやつだな……。

「いやぁ、廉！　俺は嬉しいよ！　お前の成長が！」

「あーあー！　もういいから、どうすればいいんだよ！」

「つまり、だ。もっと橘さんと仲よくなりたいんだろ？　どんな形であれ！」

「もう付き合いたい、でいいじゃない。ホントヘタレよね、あんた」

「う、うるせぇな……」

「まぁまぁ冴月。でも、どっちにしろやることは一緒だ。俺の中では、もう決まってる！」

「な……なんだよ？」

「なんなの？」

俺と雛田が尋ねると、恭弥は腕を組み、わざとらしく得意げに笑い声を上げた。

「ふっふっふっふ！　もちろん！」

嫌な予感がする。けれど、こうなることも、俺はもうわかっていたのかもしれなかった。

「ダブルデートさ!!」

リア充には敵《かな》わない。

結局俺は、そう思わざるを得ないのだった。

◆
◆
◆

ダブルデート、というと大袈裟《おおげさ》というか気恥ずかしい限りだが、つまりは俺と恭弥と雛田と橘、四人で遊びに出かける、ということだ。

明らかに俺より乗り気な恭弥と雛田が場所、時間のセッティングをしてくれるとはいえ、まだ重要な問題が残っていた。

なにを隠そう、それは。

「……あー、その、なんだ、橘よ」

「な、なんですか……。そんな、挙動不審に」

「うぐっ……」

予想よりも鋭かった……。いや、誰でもそう思うか、これだけ不自然だと。

ちなみに、今日は風邪から完全に復活した橘からの看病お礼ということで、手料理を振る舞ってもらっていた。メニューは俺のリクエストにより、ハンバーグとクリームシチューだ。

しかし、学生服同士でテーブルを挟んで向かい合っているというのは、なかなか慣れないもんだな。

「それで、なんなんですか」

「あー、いや、うん……。まあ……う、うまいです、料理が」

「……ありがとうございます」

訝《いぶか》しむような表情を浮かべながらも、橘は嬉しそうだった。シチューをスプーンですくって、小さな口に流し込む。

「それにしても、楠葉《くすば》さんは毎度毎度、よく私の料理で満足しますね。せっかくのお返しなんですから、もっと他のことにしてもいいのに」

「いや、それはない。橘の料理以外でめぼしいものなんて、思いつかん」

「そ、そうですか……」

本来の目的も忘れてそんなことを熱弁してしまう。しかし、それくらいに橘の料理のクオリティは抜群だった。技術的なこともそうだが、なにせ味付けが俺好みなのである。

「べつに、これくらいならなにもなくても作ってあげますよ」

「いやぁ、それだと悪いだろ、さすがに。手間も掛かるし」

「……気にしなくていいのに」

橘が小さな声でなにかをぼやいたが、ギリギリ聞き取ることはできなかった。もしかすると、なにか不満を口にしたのかもしれない。ちょっとだけ意気が削《そ》がれる思いだった。

俺の役目。それは橘を、誘うことだった。

「廉が誘うことに意味があるんだよ」とは恭弥《きょうや》の言である。が、俺には到底そうは思えない。っていうかそもそも、なんて言って誘えばいいんだよ……。

「ふたりで恭弥たちのデートに混ざろうぜ！」とか、アホとしか思えないだろ……。なんでわざわざ、一緒に友達カップルの邪魔をしに行かないといけないんだ……。

「食べないんですか？　冷めてしまいますよ」

「あ、あぁ！　悪い……」

ふぅ……、危ない危ない。なんとか怪しまれないようにしなければ。

そもそも、この四人ってどういう組み合わせなんだよ。べつに仲よし四人組ってわけでも、共通の趣味があるわけでもない。特に俺と雛田《ひなた》、橘と恭弥は、実際には友達なのかすら不明だ。

そりゃあ、須佐美《すさみ》を足した五人でよく集まったりはしたけど……じゃあ須佐美はどうなったんだ、って話だ。ちなみに恭弥いわく、今回は須佐美を誘うのはなし、だそうだった。理由は不明だが、助けてもらう身だ、文句は言うまい。

しかし、くそっ……もっと作戦を練ってから臨むべきだったか……。こういうところに、如実に経験値のなさが現れるな……。

「ご馳走様でした」

「……ご馳走様《ちそうさま》でした」

手を合わせて、同時に言う。とうとう、食事が終わってしまった。食器を運んで、流しに置いておく。

うーん、いったいどうすればいいんだ……。

「……」

「……」

妙な無言が続く。橘は黙って俯《うつむ》いており、俺は心の中で唸《うな》っていた。

「……」

「……」

いや、そうか。須佐美もいることにしよう。あいつも含めたお約束の五人で遊ぶことにして、あとで須佐美に連絡してドタキャンしてもらう。これなら、まあ、変じゃないだろう。

よ、よし。

「……」

「……」

……なんて言えばいいんだ。

そもそも、五人で遊ぶならなんでわざわざ俺から誘うんだ。普通雛田とか須佐美から話が行くもんだろ。いやもっと言えば、こんな集まりに俺が参加するっていうのがまずおかしい。

ダメだ、話に整合性が取れてなさすぎる……。でもそりゃそうだ、このイベント自体、どう考えてもイレギュラーなんだから。

「……」

「……」

そして未《いま》だに続く無言タイム。俺の作戦も振り出し。さて、ホント、どうしたもんだろうか……。

しかしそういえば、なんで橘のやつ、ずっとここにいるんだ？　メシも済んだんだし、帰るって言い出すのが普通だと思うんだが……。

チラッと様子を窺うと、橘はなぜか、顔を強張《こわば》らせて固まっていた。口を開くでもなく、立ち上がるでもなく、ただじっとしている。

「……どうした？」

「ふぇっ！　な、なんですか！」

「い、いや……帰らないのかと思って」

「そ、それは！……べつに。か、帰ってほしいならそう言えばいいじゃないですか！」

「ち、違うって！　暇だし、いてくれたらありがたいけど、そっちはそっちで、家でやることとかあるんじゃないかと……」

「なっ！……と、特にありませんよ。やることなんて」

「そ、そうか？」

「そうです！」

でもまあ、ここにいても同じくやることはないんだけど。そんなことを思いながらも、あえて口には出さないでおいた。

なにせそれで橘が帰ってしまったら、俺の目的が達成できなくなるわけだし……。

「……」

「……」

ダメだ、ラチが明かん！

ここはもう、恥を忍んで言うしかない。痛いとこを突かれたら、そのときはなんとかして誤魔化そう。

出たとこ勝負だ！

「た、橘っ」

「へっ？　は、はい！」

なんとなく、ピシッと背筋を伸ばす俺。そして、なぜか橘も同じようにしていた。

「……その、まあ、なんだ、うん。……今度、いつもの五人で遊びに行こうってことに、まあ、なってるんだけどさ……」

「……へ、へぇ」

「き、恭弥が企画してて……橘は、予定とかどうだ？　他の連中はもう了承済みで……まあ、来てくれるかな、とか……」

やべぇ……人生で初めて、こんな風に友達を遊びに誘っている……。しかも、嘘《うそ》をついている……。

こんなことを平然とやってのけているとは、やっぱりリア充という生き物はすごい。尊敬に値するわ、いやマジで……。あ、でも嘘は俺が勝手についてるだけか。

しかし……いや、さすがにこれはダメだろ、不自然すぎる……。断るとかの前に、不審がられるんじゃ……。

「……行きます」

「そ、そうだよな……やっぱりこんなの……えっ？」

「い、行きますって！　千歳《ちとせ》と冴月《さつき》も来るなら……うん、参加します」

「お、おお……そ、そうか。……え、俺と恭弥もいるけど、平気か……？」

「そ、そんなのわかっています！　自分でそう言ってたでしょう！」

「いや、まあ、そうなんだけどさ……」

「な、なんですか！　ホントは来てほしくないんだったら、そう言ってください！」

「い、いや！　違うよ！　わかった！　じゃあ、橘《たちばな》も参加するって伝えとく！　また場所と日にちは相談することになってるから！」

「わ、わかりました……」

ふぅ……。なんだかよくわからないが、うまくいったらしい。この際、結果オーライだ。

あとはちゃんと須佐美《すさみ》に口裏を合わせてもらって……って、なんかこれ、騙《だま》してるみたいで悪いな……。

「……そ、それでは、そういうことで」

「お、おう……」

とうとう橘はスッと立ち上がり、ゆっくりと玄関へ向かっていった。どうやら帰るらしい。正直、嬉《うれ》しいタイミングだ。これ以上は少し、メンタルへの負担が大きすぎる。

「……楠葉さん！」

「え、な、なんだ？」

部屋を出る寸前、橘が妙に大きな声を出した。身体《からだ》の前でスマホを構えて、気まずそうに顔を伏せている。

「……あの、れ、連絡先を……交換、しましょう。し、しませんか……？」

「……あ、あぁ」

「か、風邪で！　今回の風邪で、ご迷惑をお掛けしましたし……お互い連絡先を知っていれば、もっと融通が利いたというか……便利ですし……なにかと」

「そ、そうだな……タダだし」

「そう！　タダですし！……それに、友達ですから……」

「あ、あぁ。友達だしな……」

なんだかおかしなやりとりの後、俺たちはメッセージアプリのＩＤを交換した。画面に橘のアカウントのアイコンが表示され、トーク画面になる。

「……アイコン、みかんじゃん」

「た、『橘』という字は『柑橘類《かんきつるい》』の『橘』ですから。そこから……」

「ふ、ふぅん」

「き、興味ないなら言わないでください！」

「いや、悪い」

「本当に興味ないんですか!?」

橘にしては珍しいテンションのツッコミ。なんだかおかしくなって、俺たちは肩を震わせて笑った。狭い玄関で、ふたりして笑った。

「……じゃあ、楽しみにしてる」

「はい。……私も」

ドアを閉めて、橘の足音を聞く。

疲れた……。

でも、なぜだか俺は、この疲れを心地よく感じていた。

◆　◆　◆

「つまり、私はのけ者ってことね？」

放課後、二年五組の教室を訪ねると、須佐美が待っていた。

メッセージのやりとりで大まかな事情は伝えてあったものの、やはり協力を仰ぐ身。直接話しておいた方がいいだろうということで、こうして来てみたはいいが……。

「都合よく使っておいて、混ぜてくれないんだ？」

「うっ……わ、悪いと思ってるよ、ホントに……」

「ふぅん」

須佐美は意地の悪い笑みと口調で、俺の罪悪感を煽《あお》りに煽ってきた。負い目があるぶん、余計に精神にくる……。

「ふふっ、冗談よ。私は直前で都合が悪くなればいいんでしょ？　任せておいて」

「お、おう……よろしく頼む」

「でもべつに、私がいない予定でも理華《りか》は来るって言ったと思うわよ」

「そ、そうか……？　そんなことないと思うけど……」

「理華のことは、私の方がよくわかってるもの」

「な、なるほど……」

正直、それを言われると返す言葉がない。

「ところで、当日の予定はどうなってるの？　冴月と夏目《なつめ》くんは、一応ダブルデートって言ってるのよね？」

「あ、ああ。もちろん橘には、そんな風には伝えてないが」

「……ふぅん」

須佐美は顎に手を当てて、少し胸を張って考え込んだ。相変わらずスタイルがよく、こういう仕草が様になっている。

「どこに行くの？」

「普通に街中で遊ぶらしい。具体的なプランは聞いてないな」

「……なるほど、そういうことね」

須佐美はなぜか、なにかに気づいたかのような様子で肩を竦《すく》めていた。

なんなんだ……いったい。

「まあ、楽しんでくればいいと思うわよ。理華をよろしくね」

「お、おう……」

「それから、自分の気持ちに正直に、ね。思慮深いのは楠葉《くすば》くんのいいところだけど、ときにはその場の勢いとか、テンションが大事だったりするものよ」

「……肝に銘じるよ」

なんだって俺は、同い年の女子にこんなことを言われているのだろうか。やっぱり、おかしなやつだ、須佐美は。

「あ、千歳。……と、楠葉さん？」

　突然廊下側のドアから声がして、俺と須佐美は同時にそちらへ振り向いた。いつのまにか教室には、俺たち以外に誰もいなくなっていた。

「あら、理華。まだいたの？」

　さっきまでの話などなかったかのように、須佐美は普段通りの様子で橘を迎えた。

　この切り替え……恐ろしいやつめ。

「はい。少し図書室に用が」

　橘は言いながら、俺と須佐美をちらちらと交互に見た。橘には珍しく、どこか落ち着きのない様子だ。

「お、おふたりは……ここでなにを？」

「ううん、なんでもないわ。ちょっと話してただけよ」

「そ、そうですか……。珍しいですね。なんのお話を」

「大したことじゃないわよ」

　なぜだか妙に楽しそうな須佐美と、表情の暗い橘。俺はといえば、後ろめたさもあってあまり橘の方を見れずにいた。

「そ、そんなに仲がよかったですか？　おふたりは……」

「あら、仲よしよ。ね？　楠葉くん」

「あ、ああ。まあ」

なんとなく視線で、肯定しろ、と言われている気がして、適当に合わせておくことにした。まあ仲がいい、ということはなくても、決して悪くはないとは思うが。

「そ、そう……ですか」

なんか橘のやつ、あからさまに元気がないな。もう風邪はすっかり治ったものかと思ってたんだが……。

「ところで理華。楽しみね、みんなで遊ぶなんて」

「え？　あ、あぁ。そうですね。まだ時間と場所しか聞いていないのですが」

「今回は夏目くんがいろいろ考えてくれてるみたいよ？　あぁ、楽しみねぇ」

くそっ……須佐美のやつ、わざとらしい演技しやがって……。しかも本人は楽しそうだから、ますますたちが悪い。人の罪悪感で遊ぶんじゃねぇ。

「それじゃあ、私はもう行くわ。当日、楽しみにしてるわね」

須佐美は実にあっさりそんなことを言うと、橘が引き止めるのも聞かずにさっさと教室を出て行ってしまった。あいつもあいつで、けっこうマイペースだよなぁ。

「……帰るか？」

「……はい」

「千歳となにを話していたんですか、いったい」

帰り道、ふたりで並んで歩きながら、橘はそんなことを聞いてきた。

「またそれか。なんでもないよ、本当に」

「むうっ……。もういいです！　知りません！」

橘は拗《す》ねたように顔を背けると、少しだけ歩調を速めた。追いかけるように、俺も歩く速度を上げる。

やれやれ、なんでそんなこと、いつまでも気にしてるんだか。

「なに怒ってるんだよ」

「怒っていません。ただ、ずいぶん楽しそうだなって、思っただけです」

「楽しくないって……。あいつと話すとなにかと見透かされてるみたいで、気が抜けないんだぞ？」

「……でも、仲はいいんでしょう？」

「ま、まあ、それは……」

橘が横目で俺を見る。まるで睨《にら》むような視線だった。

なにやら妙に、今日の橘は機嫌が悪い。俺と須佐美がふたりでいたことが、どうにも気に食わないらしい。

これはまさか、あれか？　雛田《ひなた》が俺と橘《たちばな》が友達になって怒ったみたいに、大切な友達と俺が仲よくなるのが嫌だって、そういうことか？

もしそうだとしたら……うーん、いや、どうすればいいんだ？　でも、橘に限ってそんなこと、ないと思うんだけどな……。

「……千歳《ちとせ》は美人ですもんね。思いやりもあって、大人で。ひ、惹《ひ》かれるのも……わかりますよ」

「はぁ？　なに言ってんだよお前は……」

「だ、だって……」

またしても妙なことを言う橘。今日のこいつはどうやら、本格的におかしいらしい。

「こ、今回の集まりだって、千歳と楠葉さんを近づけるためのものなんじゃないですか？」

「うぐっ……！」

な、なんてこった……。当たらずとも遠からず。下手に否定できねぇ……。

「ず、図星ですか！」

「わぁー違う違う。勘違いだ、マジで」

「おかしいと思ったんです！　いつもひとりの楠葉さんが、こんな集まりに自分から参加するなんて！」

「うっ……」

返す言葉もない……。さすが橘、勘のいいやつめ……。

「い、いいだろべつに！　心境の変化だよ！」

「ど、どうだか！」

「……少なくとも、お前が思ってるようなことはないって」

「……べつに、隠さなくてもいいじゃないですか」

「ホントに違う。たまにはいいかなって、思っただけだよ」

「……」

橘は納得していない様子だった。

くそぅ……なんでこんな展開になってるんだか……。

「でも橘の言う通り、俺だって乗り気なわけじゃない。お前が来なけりゃ、俺だって断ってたよ」

「えっ……」

驚いたような顔で、きょとんとこちらを見る橘。

なんとか誤解を解きつつ、ちゃんと橘には来てもらわないといけない。もうヤケクソだ。

「……来てほしいんだよ、橘に。お前がいないと……なんだ、まあ、たぶん、つまんないし」

「……」

どちらからともなく、自然と歩くスピードが遅くなった。橘はしばらく黙ったまま、下を向いて口をへの字に曲げている。

「……わかりました」

「えっ？」

「……楠葉さんの言うこと、信じることにします。集まりだって、ちゃんと行きますよ」

「お、おぉ……そ、そうか」

顔を上げた橘は、なぜか口を尖《とが》らせて、けれど少しだけ嬉《うれ》しそうだった。忙しいやつだ。

しかし、なんとか変な誤解は解けたらしい。正直理由ははっきりしないが、ひとまずよしとしよう。

「じ、じゃあ、よろしくな」

「……はい」

それからはいつも通りの歩幅で、俺たちはひたすらに歩いた。

なんだか、当日のことが思いやられる気分だな……。

第11話　美少女と泣く

「おーい！　廉《れん》！」

「ん？　あ、ああ」

呼ばれて振り返った先には、すでに恭弥《きょうや》たち三人の姿があった。

「楠葉、遅い」

「時間どおりだろ」

「十分前行動が基本でしょ」

「じゃあ集合時間を十分早く設定しろよ」

「……あんたが友達いない理由がよくわかるわ」

「……ふんっ」

俺と雛田のいさかいを、恭弥はなぜか満足そうに眺めていた。その隣をちらっと見ると、橘が控えめな様子で立っている。

「……よっ」

「お、おはようございます」

派手でイマドキなファッションに身を包む恭弥と雛田とは違い、俺と橘の服装は地味なもんだった。

俺の服については割愛するとして、橘はどこか品のある緑色のロングスカートと、白いカーディガンを着ていた。爽やかな印象で普段の橘とは少し違って見える。が、それでも橘は抜群に綺麗《きれい》だった。というか、むしろ魅力が倍増している気さえする。

最近はなぜか忘れてたけど、やっぱりこいつ、めちゃくちゃ美人だな……。

「……なんですか、じろじろ見て」

「い、いや……べつに」

わざとらしく肘で俺の腕を突いてくる恭弥の足を蹴りながら、俺はひとつ咳払《せきばら》いをした。

ダメだダメだ。変に意識してちゃ、この先がもたない。

「それにしても、千歳、残念だったわね」

「それなー。須佐美《すさみ》さんにも会いたかったぜー」

「ですが、千歳が直前に予定をキャンセルするなんて、珍しいですね。初めてなのでは」

不思議そうに首を傾《かし》げる橘に、俺たち三人の顔が固まる。

もしかすると俺たちは、橘の鋭さを見くびっていたのかもしれない……。

「ま、まあ！　気を取り直して、行くわよ！」

「い、行くぜー！」

意気揚々と手を突き上げて歩き出す雛田と恭弥。テンションでなんとか誤魔化したな。

しかし、いったいどこに行くのやら。

結局、俺はこの日の具体的な予定について、なにも聞かされていなかった。なにをするつもりなのか恭弥に尋ねてみても、「まあまあ、任せとけって！」と答えるだけ。内容は正直なんでもよかったので、あまり深く追及はしなかったけれど。

今日の目的。それは、橘とより親密になることだ。ま、まあ平たく言えば、橘と……恋人になる。

い、いや、もし恋人になれなくても、今より距離が縮まればそれで……。

そ、そうだな。なにもそんなに焦ることはない。橘だって前に他のやつに告白されたばかりなんだし、タイミングもよくないだろう、うん。ここは橘のためにも、見送るべきだ。そうに違いない。

俺がそんなことを考えていると、ポケットの中のスマホがかすかに震えた。見ると、新着メッセージの通知だ。しかも、須佐美から。

『私を仲間はずれにしたからには、くれぐれもしっかりね』

『失敗はともかく、なにもできなかった、は許さないから』

『後でちゃんと理華《りか》に確認するから、誤魔化せないわよ』

須佐美からの恐怖の連投……。さすがにこれじゃあ、なにもしないわけにはいかない、か……。

あぁ、くそっ。

いつまで引っ張ったって一緒だ。

やるならやる、やらないならやらない。中途半端が一番、悪だ。

俺は、やるんだろうが。

『わかってる』

須佐美にそれだけ返事して、スマホをポケットに突っ込む。これで後には引けないが、
もうそのつもりもない。

「楠葉《くすば》さん、なにしてるんですか。はぐれますよ」

「あ、ああ。悪い」

こちらに振り返った橘に軽く手を上げ、早足で追いかける。

変に意識してしまわないように。

肩肘を張ってしまわないように。

自分を忘れてしまわないように。

今日の行動指針はこれだ。

「なんだか今日は、ぼーっとしていますね。体調でも悪いんですか？」

「なんともないよ。人混みにやられてるだけだ」

「……ならまあ、いいですが」

「おーいふたりとも！　こっちこっち」

少し離れてしまっていた恭弥たちに呼ばれ、俺たちは一緒に駆け出した。

……行動指針は決まったけれど。

「橘さんとふたりで抜け出すつもりじゃないだろうなー、廉」

「んなことするか」

「今日は完璧なプランを組んでるんだから、ちゃんとついてきなさいよ」

「あーはいはい。わかってるよ」

なによりも、今日が楽しくなればいい。

柄にもなく、俺はそんなことを思っていた。


「来たぜ！　ゲーセン!!」

「ゲーセンかよ……」

カラフルで眩《まぶ》しい電飾、派手な筐体《きょうたい》、やかましい電子音。おまけに休日だけあって、人間が多い。

「遊びといえばゲーセンだろ！」

「そうよ！　定番よ！」

「そりゃそうかもしれないが……」

俺のような日陰者には、この環境はつらい。というか、普通にうるさい。クレーンゲームやらプリクラやらには当然興味もない。見ると、橘《たちばな》もジト目で耳を塞いでいた。

「冴月《さつき》、私がゲームセンターが苦手なの、知っているでしょう」

「あ、あれー？　そうだっけ？」

「まあまあ、今日くらいはいいじゃんか！」

なにかを誤魔化すかのような声を上げるアホなカップルふたり。

こいつら、もしかしてなにか企《たくら》んでるんじゃ……。

「よーっし！　じゃあ最初はみんなであれやろーぜ！」

「いいわね！　そうしましょー！」

慌てて駆けていくふたりをゆっくり追いかけながら、俺と橘は顔を見合わせた。どうやら橘の方でも、俺と同じようなことを感じているらしい。

両手を広げて首を傾げる仕草をしてみせると、橘はコクンと頷《うなず》いた。とりあえず付き合ってみるか、ということで、どうやら一致したらしい。

ふたりに合流して、俺たちは四人でゲーセンを回った。二対二のエアホッケーに始まり、リズムゲームやレースゲーム、シューティングゲームまで。こうしていると各人の特徴というか、得意分野がはっきりわかって、少しだけ興味深かった。

例えば雛田《ひなた》はレース以外がやたら上手《うま》く、恭弥は全部満遍なく上手い。俺はひたすらにリズム感がなくて、橘はシューティングが妙に上手かった。

「もうちょい右だって！　絶対！」

「いや、こっちから見ろよ。ちょうど真ん中だぞ」

「ど真ん中じゃない方がいいんじゃないの？　ずらした方が摑《つか》めそうだけど」

「摑まずに、アームを足に引っ掛けた方がいいのではないですか？」

「あーもう、なんでもいいから指示を統一してくれ」

「あ、楠葉さん、時間が」

「えっ」

　四人で筐体の前にひしめき合って、クレーンが降下していくのをかじり付くように眺めた。開いた二本のアームは毛むくじゃらのぬいぐるみの身体《からだ》をスルスルと滑る。ぬいぐるみは特に微動だにすることもなくその場に鎮座しており、クレーンはなんの成果も上げずに元の位置へ戻った。

「あぁ――――」

「うるせぇな……」

「もう一回やりましょ、もう一回」

「次はしっかり作戦を練ってからお金を入れましょう」

「そもそも取れるのか、これ……」

クセのある顔をした、犬のぬいぐるみ。こいつを橘が物ほしそうに眺めていたのがきっかけでこうなったが、苦手なんだよなぁ、クレーンゲーム……。

「廉よ、俺が先輩に聞いた必勝法を授けてやろう」

「いや、そんなのあるなら先に言えよ」

「ふっふっふ、いつ言っても一緒なんだよ、これは」

得意げに人差し指をピンっと立てる恭弥。意味がわからんな……それに、クレーンゲームの必勝法って、技術ありきの話なんじゃないのか？

「『取れるまでやめない』、だ」

「……いや、まあそりゃ、そうだけど」

「ってことで、頑張れよ！　橘さんのために！」

「私たちは他のもの取ってるからー！」

「お、おい！」

恭弥と雛田は嵐のように駆け出すと、並んだ筐体の角を曲がって見えなくなってしまった。

勝手なやつらめ……。

「楠葉さん……」

「ん？」

「……もう、いいですよ。何度やっても取れないかもしれませんし」

　橘が遠慮深そうに言った。もともとこういうゲーム自体好きじゃなさそうだったし、まあ当然のセリフかもしれない。

　でも、せっかくなら取ってやりたい。橘にいいところを見せたい、という気持ちもないとは言えない。けれど俺は、橘が今日、来てよかったと思えるような形あるものを、ひとつでも残したかったのだ。

「いや、取るまでやる。話によれば、それが必勝法らしいからな」

「そ、そんな……いいですよ」

「今やめたら、さっき入れた百円も無駄になるだろ？　それに、なんか、取れる気がするし」

「……楠葉さんがそう言うなら」

「おう。サポートしてくれ」

　乗り気になってくれた橘と並んで、真剣にぬいぐるみを観察する。ちらりと見えた橘の横顔は、興奮気味で、楽しそうだった。

　よかった。これでぬいぐるみが取れれば、文句なしなんだが。

「アームが開いたときに、ここに引っ掛ければいいのではないですか？」

「それだけで持ち上がるか？　まずはちょっとずつ、こっちに近づけた方がいいんじゃないか？」

「近づけても摑みやすくなるわけじゃありませんから、一気に狙ってしまった方がいいと思います」

「まあ、それはたしかに。じゃあ橘の作戦で、まず百円」

「は、はい……！」

「……ここか？」

「……もう少し、右かと」

「もうちょっと手前かな？」

「そうですね。あ、行き過ぎです」

「微調整がやたら難しいんだが」

「ちょんってレバーを押してください、ちょんって」

「あ、行き過ぎた」

「もうっ、ここだけ私がやります！」

「お願いします」

「……あ、行き過ぎました」

「ほらな！　難しいって言ったろ！　ほら！」

「す、すみません……」

あーだこーだ。

あーでもない、こーでもない。

はしゃいで、盛り上がって、笑って。

俺たちは、いや、少なくとも俺は、楽しかった。

橘はどうだろう。

楽しんでくれているだろうか。

心から笑ってくれているだろうか。

そんなことを考えてしまうあたり、やっぱり、俺は。

「取れた!!　取れました!!　楠葉さん!!」

「おぉぉ!!　マジで取れた!!　すげぇ!!」

景品取り出し口から救出したぬいぐるみを橘に渡してやると、橘はぎゅっと抱きしめるようにそれを受け取った。ちょっとだけ、涙目になっているようにも見えた。

「……ありがとうございます、楠葉さん」

「……うん、いいよ。いつも、世話になってるから……」

「それは……お互い様です。だから、ありがとうございます」

「お、おう……」

お互い様。そう思ってくれていることが嬉《うれ》しくて、でも恥ずかしくて、俺は橘から目をそらしてしまう。

「あー、そういえば、あのふたりは？」

「……言われてみれば、姿が見えませんね」

「……まさか」

慌ててスマホを確認する。案の定、恭弥《きょうや》からのメッセージが入っていた。

『俺と冴月は映画見て帰るから、あとはふたりでごゆっくり！』

……あのやろう。

ああもう、これだから、リア充は嫌いなんだ……！

「楠葉《くすば》さん？　夏目《なつめ》さんからですか？」

「えっ？　あ、いや……」

くそっ……どうする。この状況、橘にはなんて説明すれば……。

「私の方には、特に連絡は来ていませんね。電話してみます」

「あっ、おい」

俺の制止もむなしく、橘はスマホで通話をかけ始めた。おそらく、相手は雛田だろう。

が、応答はない。

当然といえば当然だが、まさかあいつら、このままフェードアウトするつもりじゃ……。

「おかしいですね……」

首を傾《かし》げる橘を尻目に、俺は打開策を考えた。

どうやって誤魔化す？

それにもしうまく誤魔化せたとして、これからどうするんだ？

橘は鈍いやつじゃない。異変があればいつかは気づくだろう。騙《だま》された、仕組まれたとわかって、いい気はしないはずだ。現に今、俺もあいつらを恨んでいるわけだし。

それにしても、あのふたりがやたらと予定を教えなかったのは、これが理由だったか……。

秘密とか、あえて伏せてるとか以前に、考えてすらいなかったってことだ。

「楠葉さん、どうしましょう？」

「えっ？　あ、あぁ……そうだな」

橘は不安そうな様子だった。まあ、それも無理はない。

「ちょっと夢中になり過ぎましたね……不覚でした」

「……だな。とりあえず、どっかに座ろう」

ふたりで、壁際にあったベンチに移動した。ここなら電子音や喧騒《けんそう》もそこまで聞こえず、比較的落ち着けそうだ。

しかし、こんな荒療治みたいな真似《まね》をして、あいつらは俺になにを期待してるんだ……。

こんな根暗モブを美少女とふたりきりにしたところで、なにもできることはないぞ、普通に考えて。

もっと言えば、ふたりきりになる場面なんて今までも何度か……。

「ここで待っていれば、ふたりとも戻ってくるでしょうか……」

「……だといいな」

……いや、違うな。

そうやって言い訳ばかり考えてるから、なにも起こらないし、なにもできないんだ。

今、この状況は、ふたりきりで学校から帰ってるときや、料理を振る舞ってもらってるときとは、明らかに違う。

それは、覚悟だ。俺に、覚悟があるかどうか。

結局、人間関係を決定的に変えるには、そういう覚悟が必要なんだ。それがなけりゃ、どれだけ親しくなったって、どれだけ一緒にいたって、きっとなにも変わらない。

「……橘《たちばな》」

恭弥には、あいつらには、きっとそれがわかってるんだ。だから、俺が覚悟を決められるように、この状況を作った。

いつ、どこにいて、なにをしていて。そんなことは二の次で、結局は俺の覚悟が、意志が全て。

「……どうしました？」

ならば、俺はどうするべきだろう。どうやって、橘に気持ちを伝えるべきだろう。

覚悟があれば、それでいい。だったら、この状況はいらない。むしろ、不本意だ。俺らしく、いや、俺たちらしくない。

無理なんだ、俺には。こんな風に策を巡らせて、相手を騙すか騙さないかの綱渡りみたいな、こんな、リア充みたいな真似は。

「……すまん、橘」

「……え？」

隣に座る橘が、不思議そうな顔でこちらを向く。俺も、橘の方をまっすぐ見た。

「これは、たぶん俺のせいだ。俺をお前とふたりにするために、あいつらが仕組んだんだと思う」

「……そ、それは……どういう」

「頼んだんだよ、俺が。橘ともっと仲よくなるためにはどうすればいいかって。そしたら恭弥が、みんなで遊びに行こうって」

「……ふぇっ⁉」

橘は一瞬で顔を赤くした。きっと、俺の顔だって真っ赤だっただろう。

だけどここまで来たらもう、今さらやめても同じだった。いや、ここでやめてしまったら、たぶん俺は一生、今のままだ。

「どうしてもお前に来てほしくて、須佐美《すさみ》も来るってことにした。だから今日のあいつのキャンセルは、元々決まってたんだよ」

「……そう、ですか」

橘はどこか納得したような、腑《ふ》に落ちたような顔をした。

さすが橘、友達のことをよくわかってるんだろう。

「でも、まさかこんなことになるとは思わなかった。あのアホども、勝手にいなくなりやがって」

「そ、それでは、これは……」

「ああ。こうなることは俺も知らなかった。まあ、あいつらの考えそうなことだな。予測できなかった俺も悪い」

乾いた笑いが漏れる。

けれど、橘は笑わなかった。

「……だから、すまん。騙すようなことして」

「……」

橘は俺から目をそらした。俯《うつむ》き気味にきゅっと口を結び、なにかを考えているようだった。

「……どうして」

「……おう」

「……どうして、楠葉さんはそれを、私に話してしまったんですか」

「嫌だったんだ。これで橘と一緒にいられても、楽しくないと思った。でも、俺はバカだから、やっぱりちょっと嬉しかったんだけど」

「……」

「全部話した方が、ちゃんとお前に言えると思った。俺が、橘に伝えたいことを」

「……楠葉さん？」

「橘」

言ってることがめちゃくちゃだ。

ゲーセンの隅で、雰囲気もクソもない。

サプライズや、気の利いた言葉もない。

でも、俺らしい。

俺にはこういうのがお似合いで、こういうのこそが、俺だった。

橘はどう思うだろう。

嬉しいだろうか。

ガッカリしただろうか。

呆《あき》れているだろうか。

怒っているだろうか。

どういうのが、お前は嬉しいんだろうか。

そういうことも含めて、もっと橘のことを、知っていければいいと思う。

なんだか、俺がやりたいことばっかりだな。

「俺は、お前が好きだよ」

瞳が揺れた。

雫《しずく》が溢《あふ》れて、頬を伝う。

顔が歪《ゆが》む寸前に、橘は取り出したハンカチで顔を覆った。

「おい、大丈夫か……？」

「へ、平気です……ただ……だって……！」

幸い、周囲の視線はなかった。

みんな目の前のことに夢中で、こっちなんて見てやしない。

そりゃそうだ。俺だって、今目の前の橘のことを考えるだけで、精一杯なんだから。

「……違いますよね？」

「えっ？」

「……今度は、友達として、とか、人間として、とか、そういうことじゃないですよね
……？」

言われて、俺は橘との数多くのやりとりを思い出していた。

……あぁ、焼肉のときか。

「……違うよ。ちゃんと、橘理華《りか》っていう女の子が、好きなんだ」

「……そう、ですか……」

「……ああ」

その後も、橘はしばらくの間ぐずぐずと泣き続けた。さすがにいたたまれなくなってきて、橘の頭をゆっくりと撫《な》でる。

少しそうしていると、橘は何度か深く息をして、やっと落ち着いたようだった。ハンカチがどけられて、目を腫らした、それでも冗談みたいに綺麗《きれい》な顔が、こちらを向いた。

「……泣いてしまいました」

「……まぁ、その、なんだ？　いいんじゃないか、今くらい」

「よくありません……。ちゃんと、返事をしたかったのに……」

返事。

その言葉で、俺は心臓を締め付けられるような苦しみを感じた。

告白には、当然ながら、返事がある。余裕がなさ過ぎて、そんなことすらすっかり忘れていた。

「い、いや、待ってくれ。まだ、心の準備が……」

「人に準備をさせなかったクセに、よく言いますね」

「それは……まあ、そうだけど……」

「では罰として、私のことが好きな、その理由を聞きましょう」

「なっ!? わ、わかってるだろ、それくらい！」

「わかりません。ちゃんと、説明してください。あなたの言葉で」

くそっ……。

いや、でも本当なら、それが正しいのかもしれない。

わかるだろ？ なんていうのは怠慢で、不誠実で、毒だから。

「……ちょっと、向こう向いといてくれよ」

「ダメです。あなたがどんな顔をするのか、それだって大切なんですから」

「……くそぅ」

俺が咳払《せきばら》いすると、橘はスッと真剣な表情になった。潤んだ目がふたつとも、まっすぐにこちらを見ていた。

「……好きなことをするとき、俺は絶対、ひとりがいいんだよ。その方が、楽しいんだ。邪魔されないし、集中できるし、気楽だから」

「……そうですね」

「それ自体を楽しみたいなら、きっとひとりが一番いい。ずっとそうだった。ずっと、そう思ってたんだ」

「……はい」

「でも最近は、そうじゃないのかもしれないって、思うことがあって……。そんなの、おかしいだろ。いや、おかしいんだよ、今までの俺の人生では、そんなことなかったから……」

「はい」

「でも……俺は変わった。橘のおかげで、少しだけ変わった。きっと、それが原因なんだと思った」

「……」

「もし、ひとりよりもふたりの方が楽しいって思ったとしたら。……うまいものを食うとき、ふたりの方がうまいって思うんだとしたら。好きな映画を見るとき、ふたりの方がおもしろいって思うんだとしたら」

橘はまた泣いていた。たぶん、俺も少しだけ、泣いていたと思う。

「それは、目の前のものよりも、一緒にいる相手のことの方を、大切だと思ってるからなんだ。……その人のことの方を、好きだと思ってるからなんだ。その人とだからこそ、それをやりたいと思ってるからなんだ」

なんだよ、橘。

俺の顔を見るんじゃなかったのかよ。

結局ハンカチで顔、隠してるじゃないか。

「ひとりでできることも、ひとりの方が楽しめるかもしれないことでも、俺は橘《たちばな》とやりたいんだ。橘が、好きだから」

「……」

「……」

ぐずっと洟《はな》をすする音がしてから、橘はハンカチを仕舞った。俺もそれまでの間に、自分の涙はしっかり拭いておいた。

「……はい、よくわかりました」

「……そうですか」

「……」

「……それで、返事は」

「あ、そ、そうでした！」

「こら」

どうやら本気で忘れていたらしい。橘は慌てたように姿勢を正し、深く深く息を吐いた。

「……それでは、もう一度楠葉《くすば》さんから」

「なんでだよ！」

「やはり、こういうことには自然な流れが重要でしょう？　それに、気づいていますか？

あなたはまだ、私のことを好きだと、言っただけなんですよ？」

「えっ……」

……あっ、そうだった。

たしかにこれじゃあ、橘のことをどう思っているのか、それを伝えただけ。

正確には、これはまだ単なる告白であって、俺がしたかったことは……。

「……橘」

「……はい」

「……好きだ。恋人になってほしい」

「……こういうときまで締まらないところが、楠葉さんらしいですよね」

「……しょうがないだろ。初めてなんだから」

「ふふっ……。それじゃあこれからも、初めてのことだらけで大変ですね」

「……ちゃんと言ってくれよ、そっちだって」

冗談っぽく、橘を睨《にら》んでやる。橘はまたクスクス笑って、思い出したかのように流れた最後の涙を指で拭いながら、言った。

「楠葉さんは、とても優しい人です。もっと愛されて生きてほしい」

橘は綺麗だった。

出会ってから今までの中で、間違いなく、一番綺麗だった。

「けれど、それが叶《かな》わないなら、みんながそれに気づかないなら、私だけでも、愛していいですか？」

「……あぁ。ああ」

「私も、楠葉さんが好きです。恋人になりましょう」

エピローグ　美少女を抱きしめる

「いやぁ、よかったよかった。めでたいなぁ……いでっ！　なにすんだよ廉《れん》！」

「うるせぇ。もう一発殴らせろ」

あれから二日後、学校での昼休み。俺は恭弥《きょうや》と、それから須佐美《すさみ》の三人で中庭に集まっていた。

話題はもちろん、今回のことについてである。

「いいだろー？　うまくいったんだからさぁ！」

「いいよべつに。でもなんかムカつく」

「うわぁ！　暴力反対！」

逃げ回る恭弥を追いかけるが、そこは超インドア派の俺。すぐに体力切れを起こし、あっさり諦めざるを得なかった。

こういうときだけは、自分のライフスタイルを後悔しそうになるな……。

「でも、本当に安心したわ。正直、期待してなかったから」

「うん、実は俺も」

「おい……」

薄い笑みを浮かべた須佐美と、真顔の恭弥。ふたりとも、半分は感謝しているものの、半分は若干恨んでいる。

「両想いなのはわかりきってるのに、どうしてこんなにそわそわしないといけないのかしらね」

「わ、わかりきってた、ってことはないだろ？　えっ……ないよな……？」

「いや、一目瞭然だったぞ？　廉がよっぽどしくじらない限り、うまくいくと思ってたし」

「嘘《うそ》だろ……。でもそれじゃあ、なんで期待してなかったんだよ？」

「よっぽどしくじるかもしれないからだよ」

「うぐっ……」

「あと、なにもしない、って可能性も充分あったわね」

「うぐぐっ……」

返す言葉もなかった。さすがにこのふたりは、相手のことがよくわかっているらしい。

「だからまあ、そんなことも含めて、もういいじゃん。これからは橘さんと、末長く仲よくしろよぉ～」

「やめろ、くっついてくんな、暑苦しい」

そもそもなんでこいつは、当事者の俺よりも盛り上がってるんだよ……。須佐美も、報告したときはやたらと嬉《うれ》しそうだったし。

まあ、それだけ気にかけてくれてたってことかもしれない。ありがたいこと、なんだろうな、これは。

「楠葉くん」

「な、なんだよ……」

「友達付き合いと男女交際は、まったくの別物よ。あなたのダメなところが露呈してフラれるのは構わないけれど、理華《りか》を傷つけたりしたら、そのときは私がいるってこと、忘れないでね？」

「は……はい」

「くれぐれも、よろしくね」

今までにないくらいの異様な迫力をまとって、須佐美が締めくくった。

こいつは、本当に敵に回しちゃいけない気がする。いや、マジで。

「そうだぞー廉。って言ってても、廉にはまだまだ難しいだろうから、もしものときは俺を頼れよな？」

「……わかったよ。頼りにしてる、ホントに」

「うんうん、素直でよろしい」

恭弥は満足げだった。まあふたりの言うことは、きっと正しいんだろうし。

ただそうなってくると、友達すらまともにいなかった俺が、恋人関係なんてちゃんと続けられるんだろうか。甚だ疑問だ……。

「でもなー、廉。もちろん恋人になったからには、いいことの方がずっと多いんだぞ？」

「……いいこと？」

「決まってるだろ？　あの可愛《かわい》い橘さんと、あんなことやこんなこと……」

恭弥の言葉で、俺の頭の中にあらぬ光景が次々浮かんできた。必死に首を振って、その妄想を振り払う。

「だぁー！　やめろやめろ！　雑念は敵だ！　煩悩は悪だ！」

「あら。恋人なんだから、そういうこともちゃんと考えないとダメよ？」

「そうそう。俺と冴月《さつき》なんてそれはもう」

「聞きたくねぇよそんな話は！」

まったく……やっぱりリア充どもは、何倍も俺の先を行ってるってことか……。

「廉」

「……なんだよ」

「ホントに、よかったな」

「……ああ。ありがとう」

ふざけてたかと思えば、こうして急に真面目な顔をする。

まだまだ恭弥には、かないそうにないな、こりゃ……。

◆◆◆

「ありがとうございます」

「ああ。取ってくるよ」

「あ、お茶を忘れました」

「いただきます」

「いただきます」


橘理華と付き合い始めて、一週間が経《た》った。当然ながらこんな短期間では、大して恋人らしいことなどはなにも起こっていない。

強いて言うなら、今日こうして俺の部屋で橘の手料理を振る舞ってもらっているのが、最初のイベントだった。


「うーん、相変わらずうまいな」

「それはどうも。新作です、鮭《さけ》のムニエル」

「またレパートリー増やしたのか」

「はい。楠葉さんが飽きないように」

「ありがたやありがたや」

付き合い始めた日はいろいろあったけれど、その後も俺たちの関係、というか、距離感はあまり変わらなかった。ただ、お互いの気持ちがわかって、少しだけ仲よくなったというくらいで。

「今日、冴月にからかわれました。『同棲《どうせい》生活はどう？』って」

「同棲って……なんて返したんだ？」

正確には、お互いの家を行き来する頻度がずっと増えた、ってだけなんだが。

「『楽しいですよ』、と」

「お、おぉ……」

「口をあんぐり開けて、ぽかんとしていました。してやったりです」

「それが目的かよ……」

「まさか。楽しいのは本当ですよ。あなたは、違うんですか？」

言って、橘《たちばな》が箸を止めた。まっすぐこちらを見つめてきて、ねだるような顔をする。

付き合ってからまた改めて実感したが、やっぱり橘の可愛さは異常だ。特に、たまにすることういう顔の破壊力は半端ではない……。

「……楽しいよ、そりゃ」

「ふふっ。そうですか」

満足そうにうんうんと頷《うなず》いて、橘は味噌汁《みそしる》を少しだけ飲んだ。

「そうですか。んふふ。楠葉《くすば》さんは素直ないい子ですね」

「な、なんだよそれ……いいだろ、ホントのことなんだから」

「いいですよ。とってもいいことです」

ううむ、なんか納得がいかん……。

まあしかし、橘が嬉しそうだから、よしとしておこう。

「ところで、楠葉さん」

「はい、なんでしょう」

「今度、デートに行きましょう」

「でっ……デート？」

「そう、デートです」

「……マジかよ」

「マジです。恋人なんですから、当然でしょう」

「そりゃ、まあ、そうだけど……」

あらたまってそう言われると、正直普通に照れる。橘は恥ずかしくないのだろうか……。

ただ、付き合ってからの様子を見るに、橘はどうやら、俺よりも浮かれているようだった。

なんだかかなり、意外だ。

「どこへ行きましょう？　私はおいしいものを食べて、綺麗《きれい》なものを見て、楽しいことをしたいです」

「なんか、普通だな」

「普通がいいんですよ。それに私たちのような恋愛初心者は、まずオーソドックスなことから始めないと」

「まあ、それはたしかに」

「それに楠葉さん、言ったじゃないですか。ひとりでも楽しめることを、一緒にやりたいって」

「……言いました」

「ほら。そういうことです」

そういうこと、か。

それはまあ、橘の言う通りなのだろう。

橘はやけにテンションが高かった。もしかすると、俺があのとき言ったセリフが、思いのほか嬉しかったのかもしれない。

……そうだといいな。

「だけど、やっぱりお互いに、ひとりでしたいこともあるでしょうから、そのときは要相談、ということにしましょう」

「そうだな。なんでもかんでもふたりで、ってなると、普通にストレスになりそうだ」

「はい。ひとりで見たい映画もあれば、ひとりで行きたい場所もありますし」

「ひとりになりたいときもあるしな」

「そうですね。私は、本屋さんはひとりで行きたいです」

「俺はたぶん、一日中誰かと一緒にいたら死ぬと思う」

「それは……私とも、ですか？」

「あ……いや、ううん……どうかな」

「……今度、試してみましょうか」

「……こ、今度な、今度」

「……」

「……」

なんだ、この空気は。

とはいえ、案外悪くない気分だった。これが恋人同士の沈黙、ってやつなのだろうか
……。

「……でも、世の中ひとりでできないことって、ほとんどないよな。そして大抵は、ひとりの方が楽しい」

「たしかに私もそう思いますが、それは私たちが少数派なのだとも思いますよ。現にみなさん、誰かと一緒になにかをすることが多いですし」

「まあ、連中はなぁ。でも、ひとりでやる楽しさを知らないだけなんじゃないだろうか」

「どちらにもいいことと悪いことがありますから、そのときに合わせてうまく選び分けることが大切なんでしょう」

「うわ、優等生な答え」

「優等生ではありません。普通の答えです」

そこまで話した後は、俺たちはただ黙々と、橘の料理を食べた。食事を終えて、ふたりで食器を台所に運ぶ。

面倒になる前に、さっさと洗ってしまおう。

「手伝います」

「いや、いいよ。作ってもらったから」

手間は分担されるべきだ。後片付けくらいは俺がやるのが筋だろう。

「それでは、お願いします」

橘は素直に受け入れると、とことことリビングに戻っていった。たぶん、テレビかスマホでも見て、のんびり待っていることだろう。俺も、ゆっくり皿を洗うことにする。

「……楠葉さん」

「ん？」

と、思っていたのに、橘はすぐに台所に戻ってきた。俺は手元の皿から目をそらさずに答える。

「なんだ。どうした？」

「……ふたりじゃないとできないこと、ひとつ見つけました」

「ふたりじゃないとできないこと？　なんだそれ……うおっ！」

背中に、なにかがぶつかる衝撃が来る。その直後、俺の身体《からだ》の前に橘の腕が回され、ギュッと抱きしめられた。

これは……！

「ハグです……。これは、ひとりじゃできません」

「ちょっ……お前急に……」

「ふふふ。水を使っていては、振り解《ほど》けないでしょう」

「……濡《ぬ》れるぞ、バカ」

「ふふっ。そんなの怖くありませんよ」

「お前なぁ……こら、一回離れろ」

自分でも照れくさかったのか、橘は意外と素直に手を放した。水を止め、手を拭いて、俺も橘の方を向く。

橘は上目遣いで、不安そうにもじもじしながら俺を見ていた。

「……どうせなら、しっかりやろう」

言って、今度は俺が、正面から抱きしめた。

心臓が暴れる。

橘の華奢《きやしや》な身体が強張《こわば》る。

それでも嫌がったりしないで、ぎゅっと抱きしめ返してくれる。

初めてのちゃんとしたハグ。

お互いに相手を求める、一方的じゃないハグ。

今腕の中にいる女の子が、自分のことを好きなんだと、自分はこの子が好きなんだと、実感できるハグ。

幸せだ。

これ以上ないくらい。

……でも。

「……終わり！」

「えっ！　ダメです！　もう少し！」

「終わりだって！　恥ずかしいだろ！」

「まだ足りませんー！」

「……あ、ゴキブリ」

「ふわぁぁっ!!　ど、どこですか!?」

「嘘《うそ》でした」

「なっ！　ひどい！」

「はいはい、ごめんよ」

「むぅぅっ……もう知りません！」

橘は派手な足音を鳴らして、今度こそリビングに帰っていった。

やれやれ、なんとか誤魔化せたか……。

高鳴る心臓を押さえながら、俺は何度か深呼吸をした。

やっぱり、絶対あいつの方が浮かれてる。いや、間違いない。

「……この先、どうなるんだ、これ」

不安だ。けれど、それ以上に幸せだった。

これから楽しくなるといい。そして、橘もそう思ってくれているなら、もっといい。

いろいろあったけれど、橘に会えてよかった。

橘は、どうだろうか。あいつにとって、俺に出会ったのは、いいことだったのだろうか。

まだ、俺たちの関係は始まったばかりだ。

いつか終わるかもしれないし、ずっと続くのかもしれないけれど。

今はとにかく、この関係がひたすらに、心地よかった。
人と深く関わるのも、悪いことばかりじゃないらしい。

余談　少年は対峙する

「そ、それじゃあ……いくぞ？」

「は、はい……！」

カーペットの上に座って、俺たちは向かい合っていた。

今日は高校の創立記念日で、学校が休みだ。日中を別々にのんびり過ごした俺たちは、夕方から橘《たちばな》の部屋で学校の課題を終わらせて、一緒に夕飯《ゆうはん》を食った。

そこまではまあ、よかったのだが……。

「……り、り……」

「……」

「……ぶはっ！　やっぱり無理だ！　中止！」

「な、なぜですか！　努力が足りませんよ！」

「いやぁ……だって、なあ？」

「ダメですっ。今日は絶対にやるんです。さあ、もう一度」

「うっ……わかったよ」

胸に手を当てて、深く息を吸う。ゆっくり吐いて鼓動を落ち着かせてから、俺は再び橘の方をまっすぐに向いた。

「……り……理華《りか》」

呼び慣れない、というか、初めて呼ぶ、橘の下の名前。

言ってしまってから、俺はなんだかムズムズするような、嬉《うれ》しいような苦しいような、とにかく妙な気持ちに襲われた。

「……はい」

橘が消え入りそうな声で返事をする。その顔は、今までに見たことないくらい、真っ赤に染まっていた。

「お、おい！　顔赤くするなよ！　こっちまで恥ずかしくなるだろ！」

「だだだ、だって！　楠葉《くすば》さんがそんな真剣な顔をするから！　それに、楠葉さんの顔だって赤いですよ！」

「し、仕方ないだろ！　名字で呼ぶのに慣れてたし、そもそも女子を下の名前で呼んだことなんて、これまでなかったんだから！」

今となってはどちらが言い出したのか、もはや不明だった。

『どうせいつかはこうなるのだから、早めに慣れておくべき』。

話し合いの末にそんな結論に達した俺と橘は、お互いを名前で呼び合う、ということで意見が合致したのである。

実際、ふたりとも名字よりも名前の方が短い。手間を省くという観点からも、それが正しいはずだ。

それに恭弥《きょうや》と雛田《ひなた》も、付き合い始めてからすぐに名前で呼び合うようになった覚えがある。

呼び方を切り替えるなら、早い方がいい。

それはたしかに、間違いないのだけれど……。

「もっと普通に言ってください！　照れてしまいます！」

「普通がわからん！　それに緊張してるんだから、真剣な顔にもなるだろ！」

呼び名切り替え作業は見事に難航していた。

まあ無理もないだろう。

なにせ、単純に気恥ずかしい。

それに、こうして改めて正面から向き合うと、橘の可愛《かわい》さが異常だ。目をそらさないでいるだけ褒めてほしいもんだ。

「……よ、よし。じゃあ、もう一回いくぞ」

「は、はいっ……！」

また息を吸う。

心なしか、さっきよりも気持ちが落ち着いているような気がした。

これなら、行けるのでは……。

「……理華」

「……はい」

「理華」

「は、はい」

「理華」

「……」

「理華」

「も、もうっ！　そんなに何度も呼ばなくても聞こえてます！」

また顔を真っ赤にして、橘が喚《わめ》くように叫んだ。

「だ、だって、慣れた方がいいだろ。まだ違和感が……」

「そ、それはそうですが……」

理華。理華。

心の中で、何度か繰り返す。

これ、ホントにいつか自然に呼べるようになるんだろうか……。

「そ、それでは、今度は私が……」

「お、おう……」

そうこうしている間に、もうひとつの関門がやって来た。

今度はたちば……理華が俺のことを、名前で呼ぶ番だ。

「……ふぅ。れ……廉《れん》さん……」

「………ふぐぅ」

ダメだ、変な声が出てしまった……。

「な、なんですかそれは！」

「い、いや、なんか……ヤバいなこれ。めちゃくちゃ照れる……」

「だ、だから言ったじゃないですか！」

呼ぶのもヤバいが、呼ばれるのも充分ヤバい。

むしろ俺のさっきの名前呼び四連発、よく耐えたな、たちば……理華のやつ。

「でも、り……理華は呼び捨てじゃないのかよ」

「わ、私にはこっちの方が合っています。それに、下の名前に『さん』を付ける呼び方は、私だけの呼び名という感じがして、なんだか、いいです」

「……まあ、り、理華がそう言うなら」

「はい。……廉さん。廉さん」

「や、やめろって」

「お返しです。廉さん」

「……理華」

「廉さん」

しばらく黙ったあと、俺たちは同時にサッと視線をそらした。

なんだか、ものすごくアホなことをやっている気がする。

「……ところで、外でもこう呼ぶのか？」

「そ、それは……えっと……」

「……」

「……」

「……と、とりあえず、名字のままにしとくか」

「そ、そうですね！　ひ、人前で照れてしまってはいけませんし……！」

「お、おう。そうだよな……」

お互いに胸を撫《な》で下ろして、俺たちはなんとなくテレビに目を向けた。隣に並んで、肩をくっつけて、興味もないバラエティ番組を見るでもなく見る。

「……でも」

「ん？」

「……ふたりのときは、ちゃんと名前で呼んでくださいね」

「わ……わかってるよ。理華もな」

「は、はい。廉さん……」

……まあ、いいさ。

少しずつだって、なにも問題はない。

ここまで長かったんだから、今さらゆっくりになったって、どうってことはないはずだ。

……ただ。

「……恭弥たちの前で呼ぶのは、想像しただけでもヤバいな」

「……そうですね」

「おもしろおかしくからかわれるのは御免だぞ、俺は……」

「私もです……。お互い、気をつけましょう」

本当に、前途多難だ。

けれどそんな悩ましさも、恥ずかしさも、無性に愛《いと》しく感じられるあたり。

「理華」

「なんですか、廉さん」

やっぱり俺は今、幸せなんだろうと思った。

「あらためて、よろしくな」

「……はい、こちらこそ」

あとがき

みなさんはじめまして、丸深《まろみ》まろやかと申します。

ウェブの頃からご存じの方は、いつもお世話になっております。書籍の方でもお会いできて感激です。

この度は『美少女と距離を置く方法』を手に取っていただき、本当にありがとうございます。

本作は『小説家になろう』に投稿していたものを、書籍用に加筆修正したものとなります。

書籍化のお声がけのメールを見たときは、あまりの驚きと衝撃で手足が痺《しび》れびれだったのを、今でも鮮明に覚えています。

人間の身体《からだ》って、物理的な干渉がなくても痺れるんですね。初めての体験だったので、「うほぉすごい」と呑気《のんき》にも思いました。

よく漫画とかで、緊張や感動で手が痺れる、なんていうシーンを見たことがありましたが、そのたびに私は、「はいはい、そういうのいいって。嘘乙《うそ》」と本気で考えていました。

すみませんでした。

あと、ウェブで書籍化を発表した記事には、「メールが来たときはカフェにいた」と書きましたが、本当はファストフード店にいました。すみませんでした。

作品の話を少しだけ。

この作品は、学校での立場は違えど、考え方や行動指針がそっくりのふたりが出会い、仲を深めていくお話です。理解・肯定・人間関係、そしてクールな女の子がテーマになっています。ヒロインの理華《りか》だけでなく、主人公の廉《れん》がかわいく見えるように書きたかったのですが、そうなっていることを祈るばかりです。

それから、この作品を読んだ方が『ひとり○○』に行くことが増えると、もっと嬉《うれ》しいですね。ひとりでなにかを楽しむというのも、なかなかいいものです。私はしょっちゅうひとりですが、楽しいですよ。だから、友達が少なくても悲しくありません。嘘です。友達募集中です。よろしくお願いします。

さて、本作はラブコメライトノベルには意外と珍しく（?）、出会いから交際までを一巻でまるまる書いてしまっています。ですが、実はこの先にも、恋人になったふたりの関係の進め方や、今回はサポート役だった友人たちのお話など、書きたいことがまだまだあります。

幸運にも二巻が出せる、ということになったら、諸々《もろもろ》の事情でウェブには掲載できないであろう内容が盛りだくさんになりますので、もしこの作品を気に入っていただけた方は、周りやSNSでの口コミを、是非ともお願いします。すると、出版社さんが動いてくださる、かもしれません。

最後になりますが、謝辞を。

遅咲きだった本作をウェブで見つけてくださった既存読者の方々と、編集部の方々。皆様のおかげで、作家になる夢が叶《かな》いました。皆様の見る目が間違っていなかったと証明するためにも、これから頑張っていけたらなと思います。

担当に立候補してくださった、編集の樋口《ひぐち》さん。樋口さんのおかげで、初めての書籍化作業も楽しくできました。的確で筋の通った意見も、執筆の大きな助けになりました。（あと、陰で「ひぐっちぃ」と呼んでいました。すみませんでした。）

素晴らしすぎるイラストとキャラクターデザインを担当してくださったシソさん。サイトでシソさんのイラストを見て、一目惚《ひとめぼ》れでした。シソさんのおかげで、キャラクターたちの魅力が七千倍になりました。

そして本書の出版に関わってくださった全ての方々。皆様のおかげで、本作がこうして素敵な書籍になりました。

本当にありがとうございました。心から感謝しております。

それでは、二巻でもお会いできることを願って。

作品のご感想、
ファンレターをお待ちしています

あて先

〒141-0031
東京都品川区西五反田 7-9-5 SGテラス 5階
オーバーラップ文庫編集部
「丸深まろやか」先生係／「シソ」先生係

OVERLAP

美少女と距離を置く方法
1. クールな美少女に、俺のぼっちライフがおびやかされているんだが

発　　行　2020年9月25日　初版第一刷発行

著　　者　丸深まろやか
発 行 者　永田勝治
発 行 所　株式会社オーバーラップ
〒141-0031　東京都品川区西五反田 7-9-5
校正・DTP　株式会社鷗来堂
印刷・製本　大日本印刷株式会社

Printed in Japan　ISBN 978-4-86554-717-7 C0193

オーバーラップ　カスタマーサポート
電話：03-6219-0850 ／ 受付時間 10:00～18:00（土日祝日をのぞく）

美少女と距離を置く方法 1 クールな美少女に、俺のぼっちライフがおびやかされているんだが

美少女と距離を置く方法

びしょうじょと
きょりをおく
ほうほう